邪祓師の腹痛さん

深川我無

富士見Ｌ文庫

もくじ

プロローグ

真っ暗な部屋の中、テレビの青白い光が点滅している。

ソファに腰掛けてテレビを眺める母の後ろ姿を見ると、私の胸中には言い知れぬ恐怖がふつふつと湧き上がってきた。

母に気付かれぬようにこっそりと二階に上がろうと試みるも、母はこちらを振り向きもせずに私を呼んだ。

「こっちにいらっしゃい」

先程までかしましく鳴っていたテレビの音はいつの間にか消えて、画面は砂嵐を映し出している。

ザーーーーーーーーー

「こっちにいらっしゃい」

私は恐怖で身じろぎ一つ出来ず、ただただ拳を強く握って母の後ろ姿を見ていた。

ザーーーーーーーーーー

「こっちにぃ、いらっしゃい？」

纏（まと）わりつくような呼び声に、私の足はガクガクと震える。

ザーーーーーーーー

「こぉっちぃにぃ……いぃらっしゃあいぃ？」

とうとう母の声はスローモーションのように低く間延びしたものとなった。

「違う……お母さんじゃない」

そうつぶやくと、母の顔がゆっくりとこちらを振り返った。

ごとん……。

振り返った母の首がだらんと伸び、垂れた首に繋（つな）がった頭部が音を立てて床に転がった。

床に落ちた頭部はこちらを見て邪悪にほくそ笑んでいる。

ザァーーーーーーーーー

水の流れる音がした。

音の方を見ると、部屋の奥の個室からボサボサの頭に無精髭（ぶしょうひげ）を生やした男が姿を現した。

パン……。

こちらには目もくれず男は一度だけ手を合わせた。

すると乾いた音が木霊（こだま）する。

それと同時に先程までの禍々（まがまが）しい空気が薄れて、身体（からだ）の震えも止まっていた。

「だ、誰……？」

「俺は邪祓師（じゃばらし）の卜部（うらべ）だ。あんたの父親から依頼を受けてここに来た」

「お、お父さんが……？」

「これからは父親のところで暮らせ。死にたくなければ……な。外に俺の助手がいる。そいつに父親の居場所を聞け」

状況が理解できなかったが、男の視線の先を見て私は一目散に外へ飛び出した。

そこには蛇のように鎌首をもたげた母がこちらを睨（にら）んでいたからだ。

玄関を出てすぐの所に、助手と思（おぼ）しき女性が待ち構えていた。

「お父さんの電話番号です!!　待ち合わせ場所も書いてあります!!　振り返らずに行って下さい!!」

呆気（あっけ）にとられながらも私は小さく頭を下げて、メモの場所へと駆けていった。

「やれやれ……業が深い」

卜部は独りごちて首の長い女に近づくと、その顔を鷲摑（わしづか）みにして口の中に手を差し込んだ。

女はじたばたと長い首をのたうって抵抗していたが、やがてじっと動かなくなった。

卜部はずるずると女の口から赤黒い異物を引きずり出すと、それをズタ袋に放り込んで袋の口を縛る。

袋をぶら下げて外に出ると、助手の女が待っていた。

「帰るぞ!! かめ!!」

卜部は女にそう言い放つ。

「亀じゃありません!! かなめです!!」

そう言ってかなめは卜部の後に小走りで付いて行った。

「それなんですか?」

横に並んだかなめがズタ袋を指差して尋ねると、卜部は冷たい笑みを浮かべてズタ袋を掲げてみせた。

「生霊の成れの果てだ」

かなめが見るとそれはまるで生き物でも入っているかのように、時々のたうって見えるのだった。

＊

その日、先生の手によって怪異から逃れる少女の背中が、かつての自分と重なって見えた。

誰にも知られることのない闇というものがある。

暗く湿った纏わりつくような闇だ。

その闇に囚(とら)われると、孤独と鬱に苛(さいな)まれ、心はやがて息をするのを止める。

そんな闇の中で差し出された手のぬくもりを、わたしは今でも鮮明に覚えている。

これはわたしと先生が、自らの足で深淵(しんえん)へと歩みを進める物語。

人の心の奥底に潜む闇と、そこに棲(す)まう何者かを祓(はら)うために。

ケース1　山下邦夫の話

山下邦夫は薄汚れた事務所の前に立っていた。雑居ビルの五階にその事務所はあった。磨りガラスのはまったアルミ製のドアに白いプラスチックのプレートが貼ってある。そのプレートには明朝体の黒字で「心霊解決センター」と書いてあった。

なんとも胡散臭い。

一瞬帰ろうかとも思ったが他に頼るあても無いので諦めてドアノブに手をかけた。

「ごめんください」

自分でも驚くほど頼りない声だ。無理もない。この二週間、ほとんどまともに眠っていないのだ。

「ごめんください」

今度は大きな声で言い直した。しかしその声にもなんら応答はなかった。

伝える相手のいない声は虚しく事務所の壁やソファに吸い込まれていく。事務所の中には人気が無かった。なんというか生命力のようなものが感じられなかった。蛍光灯の明かりがやけに薄暗く感じられた。ブラインドは下りていたが、仮に全開にしていたとしても窓のすぐ向こうには隣のビルが立っているために採光も風通しも望めないだろう。

「やっぱり来るんじゃなかったな」

そう呟いて帰ろうと振り向いたとき若い女性が目を大きくしてこちらを見ていた。

身長は高すぎず低くもなく、肩甲骨くらいまで伸ばした髪を群青色のシュシュで束ねていた。服は黒いジャケットと白いブラウスを着てジャケットと揃いのタイトスカートをはいている。目は胡桃色で明るい光を放っており、見るからに人懐こそうな印象を与えた。

彼女はこの事務所の憂鬱な空気にまったく不釣り合いに見えた。事実先程までの不吉な空気はいつのまにか消えて、観葉植物の緑が活き活きと光っているようにさえ見える。

呆気にとられて言葉に詰まっていると、彼女は明るい声で詰め寄ってきた。

「先生に御用ですか!?」

「わたしは先生の助手の万亀山かなめです。すぐに先生をお呼びしますね！」

そう言うと彼女は部屋の左手にある観葉植物の裏側に向かっていった。

すると彼女は壁をドンドンと叩きながら大声で呼びかけた。

「先生！　先生！　依頼人の方がお見えですよ！　わたしがいないからって居留守を使わないでください！」

どうやらそこは壁ではなく、別の部屋に繋がる扉があるようだ。しばらくするとザァーと水の流れる音が聞こえてきてガチャリとドアが開く音がした。

噂は本当だったようだ。

「あんたが腹痛さんかい？」

依頼人の男は恐る恐る尋ねてみた。

「腹痛さんが誰かは知らん。俺は卜部だ。邪祓師の卜部だ。俺に何か用か？　それとも腹痛さんに用か？　腹痛さんに用があるなら帰ってくれ」

卜部はいかにも不機嫌な顔で依頼人を睨みつける。

「先生がいつもトイレから出てこないからそんな風に呼ばれるんですよ。いくら人嫌いのストレス性胃腸炎だからって居留守まで使わなくたっていいじゃないですか」

かなめは困ったような、面白がったような表情で卜部に言った。

「ストレス性胃腸炎じゃない。この前の地蔵の霊障だ。あんなのは二度と御免だ」

卜部は忌々しそうに吐き捨てた。

「とにかく意地悪言ってないで依頼人さんのお話を聞いてください」

かなめは電気ポットで急須にお湯を注ぎながら言った。

卜部は恨めしそうに彼女を睨みながらソファを指さして依頼人に座るように促した。革張りの焦げ茶色をしたソファは所々ひび割れていたが、腰掛けると硬すぎず柔らかすぎずとても良い座り心地だった。実はアンティークのとても上等な品物なのかもしれないと依頼人の男は思った。

「まずは話を聞かせろ。金の話も今後のこともそれ次第だ」

ガラスのローテーブルを挟んだ向かいのソファにどさっと座りながら卜部は言う。

卜部は無愛想な態度ではあるが、ただならぬ気配を持つ男だった。卜部に出会った人間はたいてい、この男に嘘は吐けないと直感する。依頼人の男は覚悟を決めたようにポツリポツリと話し始めた。

「はい。私は山下邦夫と申します。ここでの話は内密にしていただきたいのですが……私には妻と娘がおりまして、とは言っても単身赴任でこちらに来たものですから、もう何年も離れたところで暮らしているのですが。ちょうど二週間ほど前に会社の同僚に誘われまして非合法の売春宿のようなところに出向きました。恥ずかしいお話ですが、その前日に妻から金の催促と離婚の話があったもので……。わ、私はもう腹が立って腹が立って、こんな仕打ちがあっていいのかと!! あの女がカルチャーセンターで若い男の講師に熱をあげてる間もこっちは家族のために必死で働いてるっていうのに!!」

山下邦夫は握った拳を膝に乗せて小さく震えていた。

「それで同僚について行ったんです。やけくそだって感じでね。駅から線路沿いにしばらく歩いていくと薄汚れた廃ビルに着きました。そこに若い女の子が数人待機していたんです。女の子を選んで金を払って、ベッドがあるだけの薄汚い部屋に通されまして、まあ後はそういうことです」

そう言うと男はうつむいて黙ってしまった。

「それで？」

卜部は山下の顔に鋭い視線を送る。

おずおずと再び男は話し始めた。

「その夜から夢を見るんです……妻と娘のバラバラ死体の夢を……」

山下はまたもや黙ってしまった。

「詳しく聞かせろ」

卜部が静かに続きを促す。その声が少しだけ真剣味を増したことにかなめは気付いた。

「はい。その……部屋の中を千切れた指が芋虫のように這い回っているんです。その部屋で、頭部を半分失って、その……脳みそがこぼれた妻の片方の目がこちらをじろりと睨むんです。もう片方の目はありません。片一方の目だけがぐるりとこちらを向いて睨みつけてくるんです。私はその目が恐ろしくていつもそこで目が覚めるんです。きっと妻と娘の生霊か呪いなんです!! 私が二人を裏切って女を買ったりしたもんだから恨んでいるんです!!」

男は興奮した様子で気が付けば早口に怒鳴っていた。

卜部は男が静かになるのを待ってから問いかけた。

「睨みつけてくるのは本当にあんたの嫁さんか？」

「はい。あれは妻に間違いありません」

「夢はそれで全部か？」

「はい。これで全部です」

「今の話にはあんたの嫁さんの死体しか出てこない。でもあんたはさっき妻と娘のバラバラ死体の夢だと言った。なぜ妻と娘だとわかるんだ？」

かなめはほんの一瞬、部屋の空気がひやりとした気がした。静寂が部屋を埋め尽くす。

「あの指は、娘の指です。カラフルなマニキュアが塗ってありますから……」

男は左上の天井を見つめながらゆっくりと呟いた。まるで何かを確かめるように。

「お願いします。この呪いから解放してください。もう何日もまともに眠っていないんです。お願いします」

山下邦夫は縋（すが）るような表情で卜部を見つめている。そんなことは全く意に介さない様子で、卜部はくしゃくしゃの整わない髪を右の手でかき上げ、後頭部をゆっくりと掻（か）きむしっている。それが卜部の癖だということをかなめは知っている。何かを考え込んでいる時はいつだってそうする。しかしそのことを本人には言わない。怒るに決まっているから。

「なあ。あんた離婚したほうがいい。そんな女さっさと別れたほうがいい。離婚調停でもすれば慰謝料だって馬鹿みたいにふんだくられることはないだろう」

しばらくの沈黙を破って卜部はそう言い放った。

山下は呆然と聞いている。いや。卜部の吐き出した言葉の意味がよく分からないといった様子だった。

それを見たかなめは、卜部に抗議する。

「ちょっと！　先生！　そんなの無茶苦茶ですよ！　呪いの悪夢に困って相談に来られたのに、離婚だなんて」

「黙ってろ。それで悪夢も解決する。だいたいこのまま嫁さんと縁を繋いだままでいるほうがよっぽど悪いことになると言ってるんだ」

「でも……」

かなめは言葉に詰まってしまった。卜部の言う『よっぽど悪いこと』は大抵の場合、本当によっぽど悪いのだ。

かなめは山下の方に目をやった。彼はまるで電気椅子に縛り付けられた囚人のように微動だにしなかった。目はカッと開かれており、虚空を見つめている。かけるべき言葉が思いつかずかなめはうつむく。同情というよりも自分の無力が口惜しかった。

卜部はうつむくかなめと固まる依頼人を見て、ハァとため息を漏らしこう続けた。

「最終的に決めるのは依頼人のあんただ」

五分ほど経っただろうか。本当はもっと短い時間だったのかもしれない。

重苦しい沈黙の後、山下は絞り出すようにつぶやいた。

「妻と娘を失いたくありません……」

「いいだろう。ここに書いてある金額を現金で持ってこい。先払いだ」

そう言って卜部は殴り書きの請求書を山下の前に放って寄越す。

それを見た山下は金額の書かれた紙切れを大事な物でもしまうかのように丁寧に革のビジネスバッグの中にしまった。

「はい……明日の朝一で持ってきます……」

「それと、廃ビルってのはT県境にある線路と川に挟まれたあそこのことか？」

卜部は静かに問いかけた。

「どうしてそれを……？」

山下の顔は青ざめていた。無理もない。助手のかなめでさえ驚きを隠せなかったのだから。

山下は何度も頭を下げながら帰っていった。

山下の足音が階段を下りきったことを確かめると、かなめはすぐさま卜部に質問する。

「なんで分かったんですか？　廃ビルの場所」

「さあな。俺にも後ろ暗い経験があるからじゃないか」

「真面目に答えてください！」

かなめがすかさずそう言うと、卜部は少し驚いた様子で聞き返した。

「逆になんでそうじゃないと思うんだ？」

「そんなの当たり前です。先生が買春なんてしたらストレスで胃に穴が空いて入院しちゃうに決まってます。」

「行くぞ。亀。廃ビルを調べる」

卜部はあからさまに不機嫌な顔をしてそう言った。

「かめじゃなくてかなめです」

そう言ってかなめは卜部を追って事務所のドアを出た。

＊

廃ビルに着くころには、あたりはすでに薄暗闇に覆われていた。途中で三度ほど電車を乗り換えてたどり着いたのは、県境の偏僻なところだった。田んぼが広がり、山も近い。外灯はほとんどなく錆びついた踏切のそばにひとつ、その先百メートルほどのところにもうひとつ。ここからでは他の光源は見当たらない。

最寄りの駅で下りてから線路沿いに砂利道を歩いてここまで来た。駅から随分離れているが、次の駅はまだ大分先にあるようだった。その錆びついた踏切を越えたすぐのところに件の廃ビルは立っていた。

廃ビルの裏手には大きく蛇行した川が流れていた。廃ビルはちょうど、その川のカーブの外側と線路に挟まれるような位置関係にある。踏切からまっすぐに進んだ先には朽ちかけた廃墟のようなものが見えたが暗くてよくわからない。

「気をつけろ。この踏切は人が死んでる」

卜部は廃墟らしきものの方を見ながらそう呟いた。

「え？」

そう聞き返した時、突然踏切がけたたましい音を立て始める。

カンカンカンカン……

しかし電車が来る様子はない。

カンカンカンカンカンカン……

踏切は鳴り続けている。

カンカンカンカンカン……

「行くぞ」

卜部はかなめの腕を引いてそう言うと、踏切はもう鳴り止んでいた。

「い、今のは？」

かなめが振り向きながら訊ねる。

「誤作動か何かだろ。気にするな。それとも何か見えたのか？」

ちらりと卜部が振り向いてかなめを見る。

かなめは首を横に振って少し早足で卜部の近くに寄った。本当は何かを見た気がしたが怖くて言えなかった。言えば見たことが真実に成ってしまう気がしたから。

廃ビルに到着すると嫌な静けさがビル全体を包んでいた。こういう廃墟にありがちな落書きなどもなく、打ち捨てられたままの姿で時だけが過ぎたような趣きだった。

廃ビルの前に立つと、卜部は三階のあたりをじっと見つめていた。しばらくすると「こっちだ」と言って正面扉の横にある破れたガラス戸から中に入っていった。迷うことなく何かに導かれるように卜部は進んでいく。

廃ビルの中はカビ臭い空気が充満していた。かなめは口元にハンカチをあててそれを直に吸い込まないようにしていた。カビや埃そのものではなく、それらに何者かの呼気や体液が染み付いているように思えたからだ。それはひどく毒性の強い悪意を含んだ分泌物で、家に帰って一人ベッドに横たわる時を見計らって姿を顕にするのだ。

かなめがそんなことを考えていると、突然前を歩く卜部にぶつかった。

「あうっ」

「何ぼさっとしてる。ついたぞ亀」

「かなめです。どこに着いたんですか？」

「山下が女を買った部屋だ。十中八九ここで間違いないだろう」

卜部は懐中電灯でドアの上にある『給湯室』のプレートを照らした。中に入るとがらんとした部屋の中に、どこからか持ち込んだであろう真新しいベッドが安置されていた。朽ちた建物に真新しいベッドという異様な光景のせいもあるかもしれない。しかしその部屋には、決してそれだけが原因ではない独特の気持ちの悪い気配が残っていた。

かなめはその気配を知っていたが思い出せない。忌まわしい記憶の中に気配の正体を探ったが目ぼしいものは見つからなかった。ふと気になって窓から外を見ると先程の踏切が見えてぞくりとした。背中を冷たい汗が伝うのを感じる。

「ここからちょうどあの踏切が見えるんですね」

振り向くと卜部の右後ろに男が立っていた。

「きゃあ!!」

かなめは思わず叫んでしまった。全身に鳥肌が立ち一気に心拍数が跳ね上がる。血液がどっどっどっと太鼓のような音を立てて流れるのが耳の中で聞こえる。

どうするの？

何をすればいいの？

人間？

誰？

幽霊？

パニックになってあたふたしていると卜部の声がする。

「大丈夫だ。落ち着け」

その声は普段の様子と何も変わらない。

「大丈夫だ。今俺たちに害を加えられる存在はここにはいない。姿が見えただけだ。それももういない」

「一体何だったんですか？」

いつの間にかへたり込んでいた体を起き上がらせながらかなめは尋ねる。

「さあな。それを調べに来たんだ。というよりも、確認しに来たと言ったほうが正しい。さあ帰るぞ」

こくりと頷(うなず)いて卜部の後に続く。しかしかなめはこびりつく不安を拭いきれなかった。なぜなら踏切で目にした何かは今の男ではなかったから。

ではわたしが見たものは一体何だったのか？

かなめは自問した。しかし考えれば考えるほどにある種の不快感が募っていく一方だった。それはまるで粘液のように纏(まと)わりついて離れない。廃ビルの廊下は埃っぽくて乾燥していた。にもかかわらず、湿り気を帯びた不浄な気配が、床面からべたべたと足の裏にへばり付いてくるようだった。

一刻もはやくここから立ち去りたい。それなのに、まるでゼリーの中を進んでいるような抵抗を感じるのは、あの踏切をもう一度横切らなければならいことをわたしのなかの何かが恐れているからだろう。

「またあの踏切のところを通るんですよね？」

知らずに不安が口を突いて出てしまったことに自分でも驚く。

「いや。タクシーで帰る」

「え!?」

当然またあの道を歩いて帰るものだと思っていた。

「タクシーで帰るんだよ。せっかくこんな偏僻なところまで来たんだ。旨い蕎麦屋があるはずだ。タクシーの連中はそういう旨い店に詳しいだろ」

かなめは気が抜けてしまい何も言えなかった。卜部が自分を気遣ってくれているのか、単に好物の蕎麦を食べたいだけなのかはわからない。ただ卜部の発言のおかげですっかり憂鬱な気分は消え失せていた。足の裏にこびりつくべたべたとした気配もいつのまにか乾いた埃の感触に戻っていた。

＊

タクシーは思いの外早くやってきた。運転手は黒々した髪にべっとりと整髪料をつけた小太りの男だった。卜部達が後部座席に座ったのを確認すると、満面の笑みで「どちらまで？」と振り返ってきた。

「この辺に美味い蕎麦屋はないか？」

卜部が少し身を乗り出して尋ねる。

「蕎麦ですか？　昼間ならいい店が何軒かあるんですがねぇ。この時間だったら、うん、あそこが良いな！　ひらりって店なんですがね、爺婆が二人で切り盛りしてる昔っからある蕎麦屋ですよ！　夜でもあそこなら美味い蕎麦が食えますよ！」

運転手はひとりでうなずきながら笑顔で話している。こちらの応答は待たずに車はすでにひらりに向かって走り出していた。

幸いなことに、踏切とは逆方向に車は走っていく。廃ビルは後方の闇の中に消えていく。しかしそれらは目に見えなくなっただけで、あの踏切も廃ビルも今もあの場所に確かに存在するのだ。

ただただ自分が認識していないだけで、この世界には恐ろしいことや邪悪なものがいたるところに存在しているのかもしれない。自分の視野のほんのわずか外側で、目を覆いたくなるような残虐な光景が繰り広げられていたとしても、我々はそれを見知ることはできないのだから。

かなめがそんなことをぼんやりと考えていると、運転手の好奇の目とルームミラー越しに視線がぶつかった。

「お二人はあんな廃ビルにいったい何の御用だったんです？」

運転手は好奇心を抑えられないといった様子で眼を輝かせている。その輝きの中には確かな下心と助平心が見て取れた。

かなめは、はっとそのことに気がつくと出来るだけ冷静に、そしてにっこりと微笑みながらルームミラーに向かって返答する。

「違いますよ。わたし達は心霊現象の専門家です」

「あ！　霊媒師さんか何かですか!?　それは失礼しました！　いやてっきり愛を育みに来たカップルの方かと思いましてね！　今はそれほどでもないですけど夏なんて特に多いんですよ」

「余計な話はいいから飛ばせ……!!」

卜部が不機嫌そうな声で話を遮った。

運転手は悪びれた様子もなく、やはり一人で楽しそうに笑いながら頷いている。

多種多様な他人と「移動する狭い密室」という特殊な空間を共有することを生業とする彼にとって、この無邪気さと無神経さは自分を守るためのある種の結界として機能しているのかもしれない。

「それにあそこは嫌な事件もありましたしね……」

「え？」とかなめが聞き返そうと思った時、車はひらりと書かれた暖簾（のれん）の前に停車した。

「はい！　到着です！　またのご利用をお待ちしています！」

運賃を受け取り運転手はさっさと走り去ってしまった。

「先生、あそこで事件があったって」

「ん？　ああ。それよりこの店はなかなか良い佇（たたず）まいだ。期待できそうだぞ」

卜部はそう言うとさっさと暖簾をくぐって店に入ってしまった。

小さな店だった。古い杉板の外装に藍色の暖簾がかかっただけの飾り気のない外観。しかし外装の杉板は分厚く、何度も柿渋（かきしぶ）かなにかで塗り直された様子で傷んでいる気配はなかった。

中に入ると、老夫婦が「いらっしゃい」と迎えてくれた。入って正面にカウンター席が五席ほどあり、その手前にテーブル席が四席という具合で他の客はいなかった。

使い込まれて、まるで濡（ぬ）れているかのような艶を放つ木製のテーブルと椅子は、長い月日が角という角を洗い落としてしまったようだ。店内はなんとも温かい空気が満ちていた。

「良いお店ですね」

かなめは卜部に囁（ささや）いた。卜部も機嫌がよさそうである。

卜部は和紙に墨で書かれたお品書きを真剣な表情で睨（にら）んでいる。

かなめはそんな卜部を黙って眺めていた。

すると腰の曲がった女将がいつの間にか席の側に立っていた。

「ご注文はお決まりですか？」

かなめがちらりと卜部に目をやると、卜部は無言で頷いた。

「はい！　お願いします」

かなめは明るい声で答えた。

「わたしは天丼とざる蕎麦のセットを、ざる二枚でお願いします」

「お前、そんなに食うのか？」

卜部が目を丸くしてかなめの方を見る。

「だってあんなことがあったんですよ？　お腹空いちゃいますよ」

「普通は食欲がなくなるもんだろ？　大した奴だよ」

そう言って卜部は呆れた顔をした。

その様子を見ていた女将がクスクス笑いながら言う。

「よく食べる女の子は良いお嫁さんと相場が決まってますよ。旦那様は何になさいますか？」

「旦那様じゃない。仕事の上司みたいなもんだ。俺は山かけ蕎麦をくれ。あと蕎麦の実飯を頼む」

慌てたかなめが言葉に詰まっているうちに、卜部はさらりと女将を躱し注文を済ませてしまった。

「なんだ？　どうかしたのか？」

あたふたするかなめに気がついた卜部は問いかける。

「なんでもありません。ところで先生ってベジタリアンですか？　肉類食べるところ見たことありません」

「避けるようにしてる。まあ絶対というわけではないがな……」

「へえ。やっぱりそういうことってあるんですね。よく菜食にすると霊感が高まるとか言いますもんね」

「誰でもそうなるわけじゃない。ほとんどの奴は、五感が冴える延長線で霊感が高まった気がしてるだけの場合がほとんどだ。そもそも食事の内容だけで、その時々に応じたものを感じ取れるようになるわけがない」

卜部はそう言うとふと足下に目をやった。

かなめもつられて足下を見たが何もなかった。「なんですか？」と聞こうと思った時、ちょうど女将がざる蕎麦と天丼を運んできた。

「うちは挽きたて打ちたてがモットーですので美味しいですよ」そう言って年老いた女将はかなめに目配せする。なんともチャーミングな人だ。

「旦那様もすぐお持ちしますんでお待ち下さいね」

再び卜部が訂正しようとすると女将はくるりと踵を返して厨房に戻っていった。

すぐに卜部の山かけ蕎麦と蕎麦の実飯もやってきた。卜部は「いただきます」と呟いて丁寧に手を合わせる。そして蕎麦を少しだけツユにつけて、ずずっと一息に飲み込んだ。

「うん。美味い」

卜部は小さくそう漏らすと、満足そうに蕎麦の味と香りそして喉越しを楽しんでいる。

それを見届けてかなめも蕎麦に手を付けた。

「ほんと。すっごく美味しい！　先生！　わたしこんなに美味しい蕎麦初めてかもしれません！」

かなめもずずずと音を立て、どんどん蕎麦を吸い込んでいく。時々天丼に箸を伸ばし、サクサクと美味そうな音を立てながら幸せの表情を浮かべていた。

蕎麦の実飯に手を付けて卜部はまたも関心している様子だった。香ばしい蕎麦の香りがかなめのほうにも届いてくる。

二人は話すことも忘れて夢中になって蕎麦を食べた。食べ終わったころに女将が蕎麦湯を持ってやって来た。

「美味しそうに食べていただいてありがとうございます。奥で主人も喜んでました」

そう言って女将はにっこり微笑んだ。

「あんた達が丁寧に店を切り盛りしてきたのが伝わってきたよ」

卜部はそう言い蕎麦湯を美味そうにすすった。

「お二人みたいなお客さんが来てくれると、まだもう少し頑張らないとって思うんですよ。時々いるのよ。そういう気にさせるお客さんが」

その女将の言葉がかなめはなんだか無性に嬉しかった。


お勘定の時に卜部はふと口を開いた。

「猫が餌を欲しがってるみたいだぞ」

それを聞いた女将は目を丸くして口を手で押さえる。

「あらまあ。驚いた」

「しばらく前に亡くなったのよ。寂しくなっちゃったんだけど。そう。まだいてくれたのね……」

「招き猫を気取ってるんだろう。一番いい場所で陣取ってるよ」

そう言いながら卜部がちらりとテレビの上を見たことにかなめは気が付いた。

女将は深々と頭を下げて二人を見送った。

かなめは卜部の横顔を見ながらぼそりとつぶやいた。

「普段はぶっきら棒なのに……」

「なにか言ったか？　亀」

卜部がかなめを見る。

「か・な・めです。何でもありません！」

二人はタクシーを拾い家路についた。先程の恐怖はすっかり消えて、かなめはお腹の中にある確かな幸福の余韻を反芻(はんすう)していた。

この時かなめは、このあと自分に降りかかる恐怖を、まだ知るよしもなかった。

＊

卜部はかなめをマンションに送り届けたあと事務所に帰っていった。

かなめは部屋につくと、まず全ての部屋の明かりを点(つ)ける。それがかなめの儀式だった。部屋の中に闇が詰まっているのが怖いのだ。その闇を追い払うようにかなめは全ての部屋の明かりを点けていった。

明かりを点け終わると、かなめはジャケットをハンガーにかけてソファに倒れ込んだ。今日一日で色々なことがあった。かなめは一瞬あの踏切(ふみきり)のことを思い出しそうになったが顔をぶんぶんと振って恐ろしい記憶を振り払う。むくりと起き上がってバスルームに向かうと、群青色のシュシュを外し髪をおろし、スカートとシャツと下着を洗濯かごに放り込んだ。大事にしているシュシュだけは、洗面所のシュシュ置き場にそっと置いた。

「現場から帰ったらすぐに風呂に入れ」

以前卜部に言われた言葉だった。

「なんでですか?」

「清めに決まってるだろ」

「お風呂なんかで清められるんですか?」

呆れたようにそう言った卜部に、かなめは訝しげに尋ねた。

「現場の埃や塵を身体に付けて帰るとそいつが縁になって奴らに居場所がバレるんだよ」

かなめはなるほどと頷いた。

「ただし霊に憑かれていたら風呂程度では当然祓えない……」

そんな会話を思い出しながらかなめは入念にシャンプーをした。しっかり塵を落とさなければ。

かなめはシャンプーをするのが怖かった。後ろに何者かが立っていて自分を見下ろしているように感じるから。それに昔見た映画でシャンプーする手に何者かの手が触れるシーンがあった。そんな不吉な映像が脳裏に焼き付いていてかなめの不安を掻き立てる。

不安とは裏腹に、かなめは何事もなくバスルームを出た。洗面所のシュシュ置き場からシュシュを取ろうと手を伸ばした時、かなめは違和感を覚えて鳥肌が立った。

シュシュ置き場からシュシュが落ちている。

窓は開いていない。当然風も無い。いつもこのシュシュだけは大切にしまうようにしている。そのシュシュが流し台の上に落ちている。急いでシュシュを取って手首に付けた。バスタオルを巻いて着替えを取りに部屋に向かうが、何かがおかしい。部屋の隅に落ちた影が妙に暗い気がする。リモコンの位置はあんな場所だっただろうか？

かなめはテレビやラジオを点けたい衝動に駆られた。なんとか恐怖を紛らわせたかったし、孤独を誤魔化したかった。

「いいか。何かおかしいと思っても絶対にテレビやラジオを点けるんじゃないぞ」

「なんでですか？」

「電波は霊が共鳴するのに都合のいい媒体だ。人工の電波や電磁波は無機質で死んでる」

卜部はそう言うと一息ついてこう続けた。

「死は死と引き合うんだよ」

卜部の言葉が頭によぎり、かなめはテレビを点けたい衝動をぐっと堪えた。髪を乾かして早く寝てしまおう。朝になれば先生に会える。

かなめはそう思うと椅子に座ってドライヤーで髪を乾かし始めた。恐怖を紛らわせるために雑誌を開いてみたが全く内容が頭に入ってこなかった。髪を乾かしながら、壁に立てかけた姿見をちらりと確認する。あと数分で髪は乾きそうだ。ページをめくり文字を目で追うがやはり内容が入ってこない。

もう一度姿見に目をやった時、かなめは異変を察知した。

姿見に映る壁に、なにやら大きな虫が付いている。ぎょっとして壁を見たがそこには何もいなかった。

姿見に目をやって、注意深く観察する。壁を這うそれは虫ではなく一本の指だった。

もう一度現実の壁に目をやるがやはりそこには何もいなかった。

姿見を見てかなめは「ひぃ」と小さな悲鳴を上げた。姿見は壁一面に這いまわる、カラフルな爪をしたたくさんの指を映し出していた。

かなめは依頼人の山下邦夫の言葉を思い出す。

「部屋の中を千切れた指が芋虫のように這い回っているんです」

「あの指は、娘の指です。カラフルなマニキュアが塗ってありますから……」

恐怖が心の隅々まで染み渡って心臓が早鐘のようにドッ、ドッと音を立てた。今すぐにこの部屋から逃げ出したかった。しかしかなめは逃げようとする足を無理矢理止めて、パンと自分の顔を叩くと鏡に近づいた。

「わたしは先生の助手なんだから。何か少しでもヒントを見つけないと」

そう独りごちて姿見を覗き込むと、鏡の中からこちらを覗き込むように、突然血まみれの女が鏡面に現れた。

その女は頭部が半分欠けており断面からは脳が見えていた。残った片方の目がぐるりと回り、かなめの目と目が遭った。すると女とかなめはまるで共鳴するかのように同時に大声で悲鳴を上げた。

かなめは携帯を取り出して急いで卜部に電話をかけた。二回呼び出し音がなるとすぐに卜部が「どうかしたのか」と電話に出た。

「先生！　助けてください！　わたしの部屋に霊が！」

「す……ぐに……ガガ……ザザザザ……く。ピィー……に……ギギギ……ろ！」

「なんですか？　電波が悪くて聞こえません！」

かなめは部屋を移動して電波を探しながら叫んだ。

「そ……ザザ……から……ガガッ……は……ジジジ……れ……ピーーー……」

卜部の声が途切れ途切れに聞こえるが雑音で意味が判然としない。

「先生？」

電話が静かになったのでかなめは画面を確認する。携帯は通話中の表示になっていた。

「ガガッ……ザザザザ……ピィーーーーーー……」

「死ね‼」

突然ものすごい音量で携帯がノイズを発し、女の叫び声が耳を刺した。

かなめはとっさに携帯を放り投げた。カーペットの上に落ちた携帯からは甲高い女の笑い声が響いていた。

かなめはシュシュを握りしめて目を閉じ、卜部の言葉を思い出す。

「もし何かあったら、俺が行くまでその場を動くな」

かなめは怪異の跋扈する部屋の中、鏡を睨みつけて卜部を待った。

「お前なんて怖くないぞ」

まるで自分に言い聞かせるようにかなめは何度も呟いた。

どれぐらい時間が経っただろうか。かなめはひたすら卜部を待っていた。鏡の中はますます悍ましい景色になっていった。壁紙から血の雫が溢れ、その雫を求めて指の芋虫が這い回り、顔の欠けた女が、かなめの顔を覗き込みながら、周りをうろついていた。

鏡の中の出来事で現実の部屋に変化は無い。それがかなめの心の支えだった。しかしとうとう、実際にかなめの目の前を強烈な血の臭いが通り過ぎ、ペタペタと湿った足音がすぐそばから聞こえてきた。

何者かが明確な悪意を持ってわたしの周りをうろついている。そう思うとかなめは生きた心地がしなかった。鳥肌が収まらず背中には冷や汗が流れた。

ドンドン！

突然玄関のドアが音を立てた。

「先生！」

かなめは立ち上がって玄関に向かった。

ガチャガチャガチャ！

ドアを開けようとドアノブを激しく回す音がした。

「今開けるので待ってください！」

かなめはドアノブに手をかけた。ところがふと何か違和感を覚えて立ち止まった。

「先生……？」

かなめは恐る恐るドアの向こうに声をかけた。静かにチェーンロックをかけながら。

急に静かになった。何の反応も返ってこない。かなめはドアに付いたのぞき穴から外を確認しようとドアに近付こうとした。

カチャ。

軽い音がして鍵が開いた。

すると勢いよく扉が開き、チェーンロックがピンと張り詰めてガンッと音がした。かなめは息を殺しドアの隙間を見つめていた。いつのまにか、右手でスウェットの膝辺りをきつく握り、左手を固く握りしめて口に押し当てていた。

「俺だ。ロックを外せ」

ドアの隙間から卜部が顔をのぞかせた。かなめはふぅーと長い息を吐いてチェーンロックを外した。

「このバカ」

ドアを開けるなり卜部の手刀がかなめの頭を打った。

「痛いっ！　何するんですか⁉」

かなめは頭を押さえながら卜部に言った。痛みと怖さと安堵で目に涙が溜まってきた。

「俺を待つ時は絶対に自分から扉を開けるな。言ってあっただろ！」

そうだった。かなめは以前した卜部との会話を思い出した。

「おい！　かめ！　お前の家の合鍵を寄越せ」

「い、嫌ですよ‼　なんで先生に合鍵を渡すんですか‼　こ、恋人でもないんですし……」

「何訳の分からんことを言ってるんだ。この仕事をしてたら、いつお前の家に怪異が現れるか分からんだろ」

「…………」

かなめは動揺した自分が恥ずかしくて黙っていた。

「いいか。その時は絶対に自分からドアを開けるなよ。霊を招き入れる承認になる。俺がドアを開けるまで絶対に自分からドアを開けるな」

かなめがそんな会話を思い出していると卜部がつかつかと部屋に入っていった。

かなめは慌てて卜部を追いかけた。

卜部は部屋に着くなり姿見を見つめて立ち止まった。

かなめはハッとして脱いだ下着が覗く洗濯かごをそっと物陰に押し込んだ。

「これだな？」

卜部が姿見を覗き込みながらかなめに尋ねる。

「はい。そうです。山下さんが言っていた指の芋虫と顔の欠けた女が鏡の世界にいました」

「それで？」

「どんどん鏡の中の状況が悪くなって、鏡の世界だけじゃなく、現実の世界から血の臭いがして足音が聞こえてきました」

卜部はかなめの話を聞くと、部屋の中を歩き回り始めた。壁に触れたりベッドの下を覗き込んだりした。ひとしきり部屋を見て回ると、玄関に向かいドアを開けて外の通路を確認した。

かなめが後ろから卜部を見ていると、卜部はしゃがみ込んで地面をじっと見ている。

「お前、廃ビルには何履いて行った？」

卜部がかなめに尋ねる。

「ヒールですけど」

かなめがおずおずと答えると卜部が地面を指して言った。

「じゃあこれは誰の足跡だ？」

そこにはスニーカーの足跡があった。足跡の周りには少し泥が落ちていた。かなめは背筋が寒くなるのを感じた。

かなめは着替えをカバンに詰めて、卜部と一緒に事務所に移動した。この事件が解決するまでは一人であの家には帰れそうになかった。事務所に着くと卜部はコーヒーを淹れながらかなめに言った。

「すまなかったな」

「何がですか？　わたしの方こそ夜中に来てもらってしまって申し訳ないです」

「いや。ここまで急速に事態が進行すると思わなかった。だが予想はついていたことだ。お前を一人にさせてすまなかった」

予想はついていた。かなめは卜部の言葉を反芻しながら考えた。先生はこうなる可能性に行き着いていたんだ。それはつまりすでにこの怪異の核心に触れているということだ。

「先生はもう全部解ってるんですか……？」

かなめは卜部に尋ねてみる。答えははぐらかされると知りながらも。

「さあな。だが少し急がないとまずいことになる。手伝ってくれ」

「はい！」

やはりぐらかされたが、かなめは意外な言葉に驚いて勢いよく答えた。

何かの準備をする卜部の後ろ姿を見ながら、かなめは手の中のマグカップからコーヒーをすすった。

卜部の淹れるコーヒーはかなめにとってどこで飲むコーヒーよりも苦く、そして優しい味がした。

卜部は翌朝すぐに山下邦夫を事務所に呼びつけた。初め、電話越しの山下は「仕事がある」とか「急に言われても困る」とか言っていたが、卜部のただならぬ気配に押されて最後には「すぐに向かいます」と弱々しくつぶやいて卜部に従った。それから二時間ほど経つと山下は事務所にやってきた。山下の顔色は以前にも増して悪いように思えた。

「上着と荷物をそいつにわたせ」

卜部はかなめを顎で指して言った。山下は不思議そうにかなめに上着と荷物を差し出した。かなめは丁寧に荷物と上着を受け取り、壁に備え付けられた上着掛けにかけた。

「座れ」

卜部はソファを指して言い放った。

「あの、何かあったんでしょうか？　それになんで荷物と上着を……？」

山下はソファには座らずにおずおずと尋ねた。

「いいから座れ。荷物と上着は清めのためだ」

卜部の有無を言わさぬ態度に気圧(けお)されて山下はソファに腰をおろした。

「あんたに話がある。あんたと家族の命に関わる話だ。だが……その前に確認することがある」

卜部はそう言って立ち上がると山下の手を乱暴に掴(つか)んで掌(てのひら)を見つめた。

「あんた、本当に山下邦夫か？」

卜部の鋭い眼光が山下の目に突き刺さる。

「な、なに言ってるんですか……そうに決まってるじゃないですか！」

「誓ってそうだと言えるか？」

「はい。誓って私は山下邦夫です……」

山下は卜部の目を真っ直(まっす)ぐ見据えて頷(うなず)いた。

「いいだろう。まずは清めだ」

卜部はそう言って酒瓶を取ると、平たい盃(さかずき)に中身を注いでそれを頭上に持ち上げゆっくりと礼をした。すると盃になみなみと入った御神酒(おみき)に指を浸して山下に振りかけた。その所作はとても美しく手慣れていた。まるでこのような神事が何代にもわたって繰り返されてきたかのような気配がある。

「小指を出せ」

卜部はそういうと山下の小指に自分の小指を絡ませて指切りげんまんを歌い始めた。卜部が歌う指切りの童歌（わらべうた）は、かなめの知っているのとは違う奇妙な歌だった。

「指切りげんまんこの指とまれ、早くしないと切っちゃうぞ。嘘（うそ）ついたら針千本飲まさん。代わりに指切った」

山下が突然の指切りと、奇妙な歌に面食らっている間に、かなめは山下の荷物から携帯を取り出した。そして静かに携帯の電話帳を開き、妻の番号を捜し始めた。心臓がバクバクと音を立てる。いつ振り向くかと冷や冷やしながら、かなめは番号を捜す。こんなことを命令した卜部を恨みながら。

「いいか。山下は必ずカミさんに会おうとする。そうなる前に山下のカミさんにこっちから連絡をとって、二人が会うことを阻止する。お前は俺が奴の注意を引いてる間に携帯を奪ってカミさんの番号をメモしろ。そのあとは……」

卜部はかなめにもう一つの司令を出した。卜部の予想通りかなめは猛反対した。

「い、嫌ですよそんなの！　だいたい勝手にプライバシーを盗んだら駄目です！　それに奥さんの番号なんて山下さんに直接聞けばいいじゃないですか!?」

「さっき何でもするって言ってただろうが！」

「そんなこと言ってません!!」

「俺たちがカミさんに連絡を取ってることを知れば、山下は出方を変えて俺たちを出し抜こうとする。奴に知られていないことが重要なんだ」

卜部がいつになく真剣な表情をするのでかなめは思わず後ずさった。

「もし二人が会っちゃったらどうなるんですか……？　だいたいどうして山下さんは奥さんに会おうとするんですか？」

かなめは気乗りしないのでなんとかこの案を回避できないかと、ダメもとで聞いてみた。結果が変わらないことは分かっていたけれど。

「カミさんを殺すためだ。二人が会えば最悪の結果になる」

こうしてかなめは山下の背後で携帯を漁る羽目になった。緊張と焦燥感で胃袋が口から出そうになりながら、かなめは妻とタイトルが付いた番号をメモした。そして卜部のもう一つの司令を実行する。かなめが上着に携帯を戻し、頭上に両手で円を作って完了の合図を送ると、卜部は山下に本題を切り出した。

「今日から一週間、嫁さんと娘に会うな。いいな？　絶対に会うんじゃないぞ？　電話や連絡も禁止だ」

「向こうから連絡が来たらどうするんですか？」

「無視すればいい。死人がでるよりマシだ」

山下はうつむいて黙った。かなめから山下の表情は見えなかった。なのでかなめには山下が一体何を思い、考えているのか想像もできなかった。ただ山下の小さな背中からただならぬ陰気な気配が漂っているのはすぐにわかった。

「約束したからな？　俺と山下邦夫本人の約束だ。いいな？」

山下は渋々頷いた。

「一週間だけですよ……」

「ああ。俺はその間に夢の元凶に片を付ける。一週間後にはあんたは悪夢から解放されてる。それでこの依頼は終いだ。急に呼びつけて悪かったな」

卜部がそう言うと山下は頭を下げて出口へと向かった。かなめから上着と荷物を受け取ると、山下はすぐに携帯を確認した。かなめは内心どきどきしていたが、山下は特に変わった様子もなく携帯を上着のポケットにしまった。

山下が帰った後かなめは卜部に言った。

「先生！　あんなお清めができるんですね！　怪異が憑いてるんだからわたしにもやってくださいよ！」

卜部はかなめをちらりと見て言った。

「あんなのは上着をとったのを誤魔化すための出鱈目だ。番号を寄越せ。山下のカミさんに連絡する」

かなめは信じられないといった表情で卜部を見つめた。卜部はそんなことはお構い無しで山下の妻に電話をかけていた。

「敵を騙すには味方から……か」

かなめは諦めたようにぼそりとつぶやくのだった。

＊

事務所からの帰り道、山下は駅に向かって一人歩いていた。とぼとぼと歩く山下の胸中には、言いようのない苛立ちが渦巻いている。だいたい俺は家族のためにたった独りで慣れない地で働いているんだぞ！　友人はおろか知人だってほとんどいない。稼ぎは娘の学費とか言ってほとんど持っていかれて、わずかな小遣いは付き合いの飲み会に消えていく。いったい何のために俺はこんな惨めな想いをしなきゃならないんだ！

そんなことを考えていると商店街のガラス窓に映る自分の姿が目に入った。頬が瘦けてひどくみすぼらしい。灰色のスーツは撚れて皺が入り、自信なさげに背中を丸める男の鞄はやけに重たそうに見えた。

「ふふ……まるで屍みたいだな」

山下は自嘲気味に独りごちた。ガラスを呆然と眺めていると、ふとあることに気がついた。自分と同じようにガラスに映る己の姿を見つめる男が背後に立っているのだ。その男も薄汚れたスーツを着て、重たそうに鞄を持ち、背中を丸めて立っている。奇妙なことに男の顔には暗く影がかかっていて、表情や顔立ちが分からなかった。

山下はその男から目が離せなかった。窓に映る男はゆっくり山下に近づいてきた。ついにぴったり重なるほどに近づくと山下の耳元で低い声がささやいた。

「殺せ」

山下が驚いて振り向くとそこには誰もおらず、騒がしい雑踏が行き交うだけだった。山下がもう一度窓に目をやると、窓の奥から女の店員が不審そうにこちらを見ているのが見えた。山下は店員に会釈すると、慌ててその場を立ち去った。

今日は仕事を早退しよう。精神が参ってしまっているんだ。コンビニで酒とつまみを買って家でゆっくり休もう。山下はさっそく会社に電話を入れた。上司のあからさまに嫌そうな声が受話器の向こうから聞こえてくる。

「今朝から体調が優れず……はい。そうです……いや、ですから早めに帰って……はい。申し訳ありません……そんな……はい。すみません。失礼いたします……」

山下は憂鬱な気持ちでコンビニへと向かった。あんなにひどく罵倒されるならやっぱり定時まで出勤していればよかった。そんなことを考えながらも、もう後に引けない山下は、コンビニで缶ビールとスルメと唐揚げを買って家路についた。

山下はアパートに着くとテレビを点けて、缶ビールを氷水に沈めた。マヨネーズと柚子七味を小皿で混ぜると、スルメをコンロで炙り、唐揚げはトースターで温め直した。部屋にスルメの香ばしい臭いが充満すると、少し気持ちが明るくなって腹が減ってきた。山下は一本目の冷えたビールを飲み干し、ぷはぁーと大きく息を吐いた。スルメに柚子七味で真っ赤になったマヨネーズを付けて頬張ると、旨味と辛味が口いっぱいに広がり、後味に柚子の風味が心地よく残った。山下はその日あった嫌な出来事を消し去るようにスルメと唐揚げをガツガツと頬張り、ビールで胃袋に流し込んでいった。

「上司もあの霊媒師の卜部も俺を舐めやがって！　それもこれも全部あの女のせいだ！あの女がすべての元凶だ！　俺が一体何をしたっていうんだ！」

酒のせいで気が大きくなった山下は呪いの言葉を吐き出しながら酒を呷った。

気がつくとあたりは暗くなっていて、テレビは砂嵐を映していた。どうやら床に倒れ込んでそのまま眠ってしまったようだ。テレビを消して便所に行こうと立ち上がると嫌な汗が出てきた。部屋の中に、昼間窓に映ったあの男の気配がした。満員電車でするような汗の湿った臭いがする。自分の体臭とは違う他人の臭いが鼻を突く。

山下は意を決して振り向いた。壁一面に芋虫のような指が這い回っていた。

「ひぃぃぃ……」

思わず山下は悲鳴をあげた。気が付くとテレビの暗い画面の中に頭の欠けた女の姿があった。女は残った片方の目をぐるりと回して山下を見つけると、口を大きく開いて嗤った。その口からは声のかわりに血が溢れて、こぽこぽと音を立てている。

山下が思わず後ずさると背中に誰かがぶつかった。山下はあの男が後ろに立っていると瞬時に理解する。男は山下の耳元で殺せと低い声で囁きつづけた。

それから山下は焦点の合わない目で一点を見つめながら布団にくるまって座っていた。

やがて唐突に立ち上がると鞄から携帯を取り出して電話をかける。

何度かの呼び出し音のあと留守電の案内が流れた。山下は電話に出ない相手に対してやっぱりなと諦め交じりの独り笑いをするとメッセージを残した。

「俺だ。話があるんだ。離婚に応じるから今から言う場所に来てくれ……」

山下は使い古した黒い鞄の中にタオルで巻いた出刃包丁をそっと忍ばせた。妻を殺して何もかも終わりにしよう。それ以外のことは何も頭に思い浮かばなかった。ただ今から自分が何をすべきか、どう行動するべきかははっきりと分かった。

あの女は必ず来るだろう。金にうるさい女だ。そのうえこちらから離婚に応じるとなれば願ってもないはずだ。

山下は電車を乗り継いで件の廃ビルの前に到着した。見ると一台のタクシーが停まっている。山下はタクシーに近づいて運転手に声をかけた。

「誰か待ってるのかい？」

「はい。お連れ様と待ち合わせだとか言って女の方を乗せてきたんですが、すぐに話は済むだろうから待っていてくれって頼まれましてね」

「私の連れです。しばらくかかると思うから行ってくれて構わないですよ」

「そうは言われましてもね。待つように言われてますから」

山下はそう言うと運転手に摑みかかった。運転手は山下のあまりの剣幕に、慌てて車を発進させた。

「早くいけぇえ!!」

山下はタクシーが走り去ったのを確認すると窓を見上げた。とにかくあの女はちゃんと来ているようだ。山下は鞄から出刃包丁を取り出すと、しっかりと後ろ手に柄を握りしめた。廃ビルに踏み込むと湿った空気が山下に纏わりつく。しかし不思議と悪い気はしない。まるで悪役の登場シーンを彩るスモークのようだ。廃ビルに立ち込める陰鬱な空気を纏って、山下は颯爽と待ち合わせの給湯室へと歩いた。

扉を開けるとベッドに妻が腰掛けていた。いつも着ていたピンク色のブラウスが月明かりに浮かび上がる。年甲斐もなく茶髪にゆるいパーマを当てて、まるで娘と同じような恰好をしている妻の後ろ姿がそこにはあった。

山下は小さなシンクの上にかけられた鏡に映る自分を見た。痩せこけた頰に、みすぼらしいスーツ姿の冴えない初老の男がこちらを見ている。その後ろには同じように冴えない男たちの行列が続き、それらが口々に山下の耳元で殺せと囁いていた。

山下は妻のほうにゆっくりと歩いていった。

「お前来てたのか」

　山下が声をかけても女は振り向かない。

「待たせて悪かったな」

　山下はそう言って後ろ手に隠していた出刃包丁を頭上に構えて妻の肩に手をかけた。

「俺もすぐに行くから!!」

　そう言って出刃包丁を振り下ろそうとした時、肩を掴んでいた手を捻り上げられた。痛みで抵抗出来ない上に、足を蹴られて地面に組み伏せられてしまった。気が付くと女は自分の背中に跨っていて、出刃包丁を持つ手は膝で踏み押さえられていた。

「誰だお前!!　依子じゃないな!?」

　山下は半狂乱で叫んだが身体の自由は利かないままだった。

「心霊解決センターの万亀山です」

　かなめは山下を取り押さえたまま静かにそう言った。

「あいつの助手か!!　離せ!!　俺はあの女を殺しに行くんだ!!　邪魔するな!!」

　山下が叫ぶと部屋中から低い男の声が聞こえてきた。

　殺せ殺せ殺せ殺せ殺せ殺せ殺せ殺せ殺せ殺せ殺せ殺せ殺せ殺せ殺せ殺せ殺せ殺せ殺せ殺
せ殺
せ殺

せ殺せ殺せ殺せ殺せ殺せ殺せ殺せ殺せ殺せ殺せ殺せ殺せ殺殺せ殺せ殺せ殺せ殺せ殺せ殺せと、呪詛の詞を繰り返していた。

「え!? え!?」

かなめは怖くなってあたりを見回した。見ると黒い影のような男達が部屋中に溢れて、山下はかなめの拘束が緩んだ隙にかなめを突き飛ばすと、包丁をまっすぐかなめに向けて一歩、また一歩とかなめに躙り寄っていった。

パーン！ 突然部屋に手を叩く乾いた音が木霊した。すると先程までいた黒い男達は弾けるように消えて、山下の後ろに立つ人影一人だけになった。

「先生！」

かなめが叫ぶとそこには卜部が立っていた。

「山下邦夫。俺との約束はどうした？」

卜部は鋭い目つきで山下を睨みながら冷徹に言い放つ。

「う、うるさい!! 俺はあの女を殺しに行くんだ!! お前に邪魔される筋合いはない!!」

「確かにそれはお前の勝手だ。だが俺も仕事なんでな。山下邦夫から依頼を受けてる。妻と娘を失いたくないとな」

「黙れ!! 俺が山下邦夫だ!!」

山下は叫びながら包丁を両手でしっかり握って、卜部に突っ込んでいった。

「先生！」

叫ぶかなめを左手で制して、卜部は一言だけつぶやいた。

「指切った」

卜部のつぶやいた声は、山下の絶叫にかき消されることなく響いた。卜部の口から出たそれは、言葉ではなく呪（しゅ）だった。

山下はそれを聞くや、ぎゃっと小さく叫び声を上げてうずくまった。床には出刃包丁がごとりと音を立てて転がった。山下が震えながら自分の両手に目をやると、そこには赤黒く染まった十本の指が並んでいる。

卜部は山下の方に歩いていくと、山下の背後にこびり付いていた黒い人影を掴んで山下から引き剥がした。すると断末魔のような叫び声を上げて山下はその場に倒れ込んだ。

「死んじゃったんですか……？」

かなめが恐る恐る尋ねる。

「いや。気絶してるだけだ」

卜部は黒い人影を持ったまま手を強く打ち叩いた。すると黒い影は他の影たちと同じように弾けて消えてしまった。

「これで終わったんですか？」

「まだだ。元凶が残ってる」

卜部はそういうとシンクの上にかかった鏡の前に立った。そして小さなナイフを取り出して自分の親指を切りつけるとその血を鏡に付けた。今度はポケットから古びたコンパクトを取り出すとそれを開いて同じように鏡に自分の血を付けた。

「俺の血で繋(つな)がりを創った。お前はもう逃げられない」

卜部はそう言うとシンクの鏡とコンパクトを合わせ鏡にして何かをブツブツと唱え始めた。かなめは何を言っているのかと耳をそばだてた。するとそれはどうやら女の人の名前のようだった。

「三島恭子(みしまきょうこ)出てこい。三島恭子出てこい」

そう繰り返している。

「ぎゃあああああああああああ」

突然鏡がひび割れたかと思うと絶叫が部屋に木霊する。卜部はそれを確認するとパタンとコンパクトを閉じてしまった。

「こいつが元凶の三島恭子の怨霊だ」

コンパクトを見せて卜部は言った。

「かつてここで不倫していた男の不倫相手の女がこの三島恭子だ。初めは聞き分けのいい女だったらしい。しかしどんどん不倫相手の男にのめり込んでいった。ある時から妻と別れて自分と結婚するようにせがむようになったらしい。男はそんな三島が煩わしくなったんだろう。不倫をやめたうえに、三島を会社から追い出したそうだ。それでも三島は諦めなかった。踏切に立っては男の帰りを待っていたそうだ」

「やがて三島は男の妻と家族を怨むようになった。自分が男に選ばれないのは嫁と子どもがいるせいだと。三島はいわゆるストーカーになった。男はそんな三島を疎ましく思い、ついにある決断をした」

かなめはごくりと唾を呑み込んだ。恐ろしい結末が見えたからだ。

「男は三島に話があるとうそぶいて給湯室に呼び出した。三島に酒を飲ませ泥酔させると黒いコートに着替えさせ、例の踏切に運んで三島を放置した……」

「問題の女はこの世から消えて、男は平和を取り戻したかに思えた。しかしその夜から男は悪夢にうなされるようになる。カラフルなマニキュアをした三島の指が部屋中を這い回る夢だ。脳みその溢れた三島が、男に妻と子どもを殺すように囁き続けた。何日も何日も何日も。やがて男は精神を病み、家族との関係は壊れていった。妻から離婚を切り出された男は逆上して妻と子を殺すと、この踏切で飛び込み自殺し、自らの命を絶った」

「それからだ。ここで不可解な事故が続き、会社は倒産。おまけになぜか売春宿になって、家族間、夫婦間に問題を抱えた男がたくさん訪れるようになったのは」

「三島恭子がそうなるように仕組んだってことですか……?」

「三島だけじゃない。もっと上の霊的な存在が、三島とここで起きた事件を媒体にして同じ波長を持つ人間を引き寄せてるんだ」

卜部は忌々しそうに部屋の隅を見て吐き捨てた。部屋には沈黙が流れた。

「行くぞ。かめ」

「かめじゃないです。かなめです」

二人はそう言うと山下を抱えて部屋を出た。タクシーはことのほかすぐにやってきた。運転手は無論、あの時の運転手だ。

「本当にお二人が言うとおりになりましたねぇ!! いやぁー!! びっくりですわ!!」

「いいから出せ」

「まさか本当に男が来て摑みかかってくるとは思いませんでしたよ! 霊能者は未来も見えるんですか? 見えるんなら次のレースの順位とか教えてもらえたりしませんかねぇ?」

男は相変わらずひとりで調子良く話していた。その声を聞くとかなめは現実の世界に帰ってきたような気がしてなんとなくお腹(なか)が空いてくるのだった。

卜部のボイスレコーダー

「月干支辛巳、日干支己巳。これより三島恭子の除霊を行なう。例によって音声を記録する」

「被害者は山下邦夫、男性。三島恭子の領域に引き込まれ障りを受けるに至る」

「三島恭子はアラクネ、女郎蜘蛛（じょろうぐも）、イザベル、いずれかの眷属と思われる。脅威判定はC」

「生前愛用していたと思われる遺留品のコンパクトに封印後、■■■に運搬。術式は肉穢写」

※■■■はノイズで聞こえない。

祝詞（のりと）のようなものが聞こえるが音声が不明瞭で詳細は不明。

「謹んで頂戴いたします」

嗚咽する声。

硝子（ガラス）を噛み砕くような音と生肉のような咀嚼音。

すすり泣くような音声。
激しく嘔吐する音。
すすり泣くような音声の後、液状の物体を咀嚼するような音。
嗚咽が続く…………。
「頂戴いたしました……」
ここで音声は途切れる。

かなめの事件ファイル

【事件の概要】

今回の事件は山下邦夫の家族間の問題、とりわけ奥さんに対する恨みの念が、過去に惨殺された三島恭子の怨念と引き合ったことで起きたものだった。山下邦夫は三島恭子の従属霊に憑依(ひょうい)され、一家心中を謀るも先生の除霊によってこれを阻止される。

【事件の重要人物】

・山下邦夫

単身赴任中に妻と娘の自分に対する扱いに不満を持ち、非合法の売春に手を出す。それ以来妻と娘のバラバラ死体の夢を見るようになる。

・三島恭子

線路沿いの廃ビルがまだ会社だったころ、そこに勤めていた女性。同僚と不倫を重ねていたが、三島を疎ましく思った不倫相手に殺害され怨霊となる。

・三島の不倫相手

三島恭子の同僚。妻子があるにも拘(かかわ)らず三島と会社の給湯室で逢瀬を重ね、身勝手に別れを告げた挙げ句会社から追い出す。ストーカーとなった三島が煩わしくなり泥酔させたうえ、線路に置き去りにして殺害。その後三島の怨霊に取り憑かれ、一家心中することとなる。

【事件の背景】

事件の鍵を握るのは、過去に起きた不倫殺人と一家心中。過去に起きた事件の概略を以下に記載する。

1、件の廃ビル（給湯室）で不倫を重ねていた三島恭子。
2、不倫相手に捨てられた三島恭子はストーカーになる。
3、男は三島恭子を煩わしく思い、酔い潰れた三島を線路に放置し殺害する。
4、三島恭子は男に殺された後に怨霊となる。
5、男は三島恭子の怨霊に憑かれ、精神を病んだ結果、家族を殺し心中する。
6、男も三島恭子と共に悪霊になる。
7、踏切周辺で事故が相次ぎ、会社も倒産、廃ビルは売春宿になり、呪いの巣窟に。
8、三島恭子は波長の合う男性（今回は山下さん）に従属霊を憑依させ、その家族を殺害させる。

メモ

先生の話では、男は死後、三島に支配された従属霊になったという。つまり三島の言うとおりに行動する悪霊……

山下さんに直接憑いていたのは、この従属霊の方らしい。憑依によって山下さんの性格が変わったと推察する。

【先生の術式？と呪（しゅ）】

・指切り

先生は山下さんと「指切り」による契約を実行。これには呪が込められているとのこと。

先生との「指切り」を破った山下さんは、代償として指に怪我を負った模様。指がその後どうなったのかは不明。

憑依霊が「俺が山下邦夫だ」と叫んでいたため、もしかすると霊体の指だけに影響があったのかも……？

・鏡に付けた血の繋がり

鏡の中に存在する三島恭子を逃さないために？　先生は鏡に血を塗っていた。古びたコンパクトにも同様に自身の血を塗った。

「血で繋がりを創った」という発言から、何らかの呪術と思われるが詳細は不明。

先生がコンパクトを手に入れた入手経路とコンパクトの正体も不明。（いずれ問い詰めるべし）

【追記】

先生にさせられた無茶振りをここに記す……（いずれ抗議するべし!!）

指令の内容は、奥さんの携帯番号をわたしの番号に差し替えること。そして奥さんの服を借りに行くこと。

（本当に山下さんから留守電が入っていた時は死ぬほど怖かった）

直前の三日間で叩き込まれた武道？　の練習で筋肉痛がひどい。包丁を振りかぶった山下さんを見て死ぬかと思った。

ケース2　プール

「ある時からスイミングスクールのこども達が変なことを言うようになったんです」

そう言って依頼人の反町（そりまち）ミサキは話し始めた。

「海坊主（うみぼうず）？」私は幼稚園クラスの女の子にそう聞き返しました。

「うん！大きい頭の人が水の中にいるの！　みんなウミボーズだって！」

「えー？　ほんとー？　先生見たことないけどなー」

「でもみんなウミボーズだって言ってたよ！　アタシも見たもーん！」

そう言って女の子は母親の方に駆けて行ってしまいました。私は迎えにきていた彼女の母親に向かって会釈しました。

海坊主……私は頭の中で子どもの言った言葉を反芻（はんすう）していました。思い当たる節があったからです。

先日、大人クラスも含めた全ての生徒が退出した後のことです。時刻は夜の十一時近くだったと思います。ふと気が付くとプールの脇のベンチに、誰かの赤い水泳帽が置かれていました。落とし物だと思って私はそれを取りにプールサイドに向かいました。プールは上の待合室から見えるようになっていて、私はそこからプールへと降りて行きました。

ベンチに忘れられていた水泳帽には合格を示すたくさんのワッペンが縫い付けられていました。

「ああ。ちひろちゃんの水泳帽だ。こんなにたくさんワッペン付いてたら失くして悲しんでるだろうな」

そう思って水泳帽を拾い上げた時、プールで奇妙な音がしました。

ポコポコ……ボココ……コポッ……

空気が水面を割って出る音です。薄明かりに照らされた静かな夜のプールで、その音は妙に大きく聞こえました。

嫌な感じがして二の腕に鳥肌がたちました。恐る恐るプールに目をやると、誰もいないはずのプールに波紋が広がっています。しかしそれ以外に変わったところはなく、私はホッと胸を撫で下ろしました。

バタン!!

突然更衣室の方から重たいドアが閉まる大きな音が聞こえました。私は思わず短い悲鳴を上げました。

「誰かいるの？」

上ずった声で叫んでみましたが応答はありませんでした。意を決して更衣室に向かって足を踏み出すと、今度はゴポゴポゴポと大きな水音が聞こえてきました。

咄嗟に音の方を見て、私は後悔しました。そこには水死体のようにふやけてブヨブヨになった巨大な頭が浮かんでいたんです。

頭に比べて異常に小さい身体。その目はとても恐ろしく、血走った眼に、吊り上がった目尻をしていました。それが恨めしそうにこちらを睨んでいるんです。

私はそれと目が合うと大声で叫んでプールを飛び出してしまいました。

依頼人の反町さんはここまで話すと、ふぅと息をついた。

「それからというもの奇妙な音や気配を頻繁に感じるようになりました。そのうえ別の噂まで耳にするようになって……あんな事件まで……」

助手の万亀山かなめは神妙な面持ちで依頼人に尋ねた。

「詳しくお聞かせください」

「実は……」

依頼人は再び話し始めた。

夜のプールでの一件以来、私はプールの中で妙なモノを見るようになりました。指導中に水の中に潜ると、一番遠く離れたプールの角の暗がりや、列になって泳ぐ子どもの隙間から、例の頭がこちらを窺っているんです。

さりげなく海坊主の話を聞いてみると、どうやら子ども達も頻繁に見ているようでした。

それも小さい子ほどよく見ているようです。しかし子ども達は誰もそれを怖がっている様子ではありませんでした。

私もそれがいることに慣れてきて、怖がらずに無視をしたり、気が付かないフリをしたりするようになりました。実害もありませんでしたし、そのうちいなくなるだろうと簡単に考えるようになりました。

そんな頃です。更衣室で黒い人影がいるのを見たと、大人クラスの若い女性や、中高生クラスの女の子達が噂するようになったんです。

「見た見た！　黒い人影でしょ⁉　覗きかと思って捕まえてやろうと思ったらフッと消えちゃってさ！　ここのプール、マジでヤバいよね」

「奥のロッカー近くによく出るらしいよ。ウチもそこで見た」

「この前、〇〇さん達のママ友グループが全員同時に見たそうです」

気になって黒い人影の噂を集めてみると、皆だいたい同じような内容を話してくれました。黒い人影がこちらを見てぼうっと立っている。それにこちらが気が付くと消えてしまう。そういう内容でした。

それと不思議なことに、どうやら十代から二十代くらいの若い女性にしか、黒い人影は見えないようでした。

噂は徐々に大きくなってオーナーの耳にも届くようになりました。悪い噂がたつことを嫌ったオーナーは近くの神社に相談に行き、神主さんがお祓(はら)いに来ることになりました。プールサイドに注連縄(しめなわ)が張られ、紙垂(しで)が垂れ下がり御饌(ぎょせん)が並び、厳かな空気でお祓いは進められました。オーナーと職員、インストラクターもみんな参列してお清めを済ませました。これで一安心だねと、その日はみんな和やかな雰囲気で解散しました。私もなんだか背中が軽くなったような気がして清々(すがすが)しい気持ちでした。

　ここまで話すと反町ミサキは視線を落として、先程までよりいっそう暗い顔をした。かなめは黙って次の言葉を待っていた。

「その次の日に事件が起こりました……子どもが一人溺れたんです……」

その日の水はなんだかとても冷たく感じました。だけど前日にお祓いもしたことだし、私はただの気のせいだろうと、たいして気にも留めませんでした。だけど何人かの子どもが寒い寒いと言い始めました。

　私は一生懸命泳げば温かくなるよと言って、子ども達を泳がせました。

そうして子ども達がビート板を使って列になって泳いでいたときです。一人の子どもがスッと水の中に消えました。

あれ？　と思って見ると、ビート板がゆらゆらと漂っているのが目に入りました。

私は慌てて子どもが消えたあたりに泳いでいきました。そして……そこで恐ろしいモノを見ました……。

大量の海坊主が子どもの両足にしがみついて水の底に引っ張っているのです。しかも不可解なことに、二メートル弱しかないはずのプールの水底が、真っ黒で見えませんでした。まるで深い海の底を見ているような感じです。

私は子どもの手を摑んで必死に引っ張りました。他のインストラクターにも助けを求めて叫びました。

男性インストラクターの榛原さんが大急ぎで泳いできてくれました。二人で子どもの手を引っ張りました。すると海坊主達は榛原さんを恨めしそうに睨んで、暗い水底に消えていきました。

プールは子ども達の泣き叫ぶ声と母親達の悲鳴で騒然としました。恐ろしい光景でした。救急車を呼ぶ怒鳴り声や、泣き叫ぶ声を今でも夢に見るくらいです。

心肺蘇生が早かったことが幸いしてその子は一命を取り留めましたが、当然スクールは辞めてしまいました……。

事務所の中が沈黙に包まれた。反町ミサキは俯いて暗い顔をしている。

その時だった突如ザァーっと水の流れる音が事務所に響いた。かなめと反町ミサキは咄嗟にビクッと身体を震わせた。

「肝心のあんたがうちに依頼する動機が見えないな」

そう言って観葉植物の脇にある扉から、鋭い目つきの男が現れた。男は無精髭を掻きながら依頼人の近くまでやって来た。

「噂は本当だったんですね……」

反町ミサキは男を見てつぶやいた。

「どんな噂かは知りたくもない。俺は卜部だ。全て話す気が無いなら依頼は受けない。帰ってくれ」

男は不機嫌そうにそう言い放った。

「先生！　依頼人さんのお話はお聞きにならないんですか？」

かなめは立ち上がって卜部に抗議した。

「話は聞こえてた。今の話だけなら依頼人に実害は何もない。関係のない怪異なら無視していればいいだろう。水泳教室のオーナーでもないただの雇われが、なんでわざわざ自腹を切ってまでうちに依頼する必要があるんだ？」

それを聞いてかなめはドキリとした。その通りだ。たしかに今の話だけなら、反町さんがうちに依頼する理由がない。ということはまだあるのだ。語られていない核心の部分が……。

反町ミサキは目に涙を溜めて顔を上げた。

「り……流産が……流行ってるみたいなんです……うちのプールで……それに子どもが死

ぬ夢を見た人も……」

「妊娠してるのか？」

卜部が静かに尋ねた。すると反町ミサキはしずかに頭を横にふった。

「相手がいません……だから絶対するはずないんです……それなのに……」

反町ミサキはシャツの裾を捲り上げた。すると彼女のおへそのあたりが中からグッと押されるのが見えた。それはまるで小さな子どもの手形のような形だった。

「何かが私のお腹の中にいるんです!!　助けてください!!」

反町ミサキは顔を覆って泣き崩れた。

かなめは思わず口を覆った。あまりの衝撃に悲鳴が漏れそうになったからだ。反町ミサキはシャツを戻すと卜部に深々と頭を下げた。

「お願いします！　もうここしか頼れるところがないんです……神社もお寺も何もしてくれませんでした……」

「どこでうちのことを知った？」

卜部は反町に鋭い視線を投げかけた。

「ネットで探してたら、掲示板サイトで指なしって人が教えてくれました。あと、テレビで有名な霊能者の水鏡先生にウチでは見れないから腹痛先生のところに行くようにって……」

反町はおずおずと答えた。

それを聞いた卜部は苦々しい表情で、くしゃくしゃの髪をかき上げて後頭部のところで手を止めた。いつもの考え事をする時の癖だ。かなめはそれを黙って見ていた。

「鈴木の奴め……」

「えっ？」

「なんでもない。こっちの話だ。いいだろう。依頼を引き受けてやる」

「本当ですか⁉」

反町ミサキの顔が明るくなった。

「良かったですね」

かなめは笑顔で依頼人と顔を見合わせた。依頼人も泣きながら頷いている。

「喜ぶのは早い。条件がある。それをあんたが呑めるかどうかだ」

部屋の中に重たい空気が立ち込めた。さっきまでの笑顔が消えて反町は怯えたような上目遣いで卜部を見た。

「あんたに憑いてる奴は相当に重い。今すぐ簡単に祓えるような代物じゃない。当然、祓い料も安くない」

反町は黙って頷いた。

「その上で条件だ……」

卜部の提示した条件はこうだった。

一つ、事件があった当時、例のプールに在籍していた者すべての住所と連絡先を教える。特に辞めた者は必ず。

二つ、調査中、卜部とかなめの素性は関係者にも明かさないこと。

三つ、――――――――――――。

最後の条件を見て反町は絶句した。困惑の表情で卜部を見る。

「こんなこと、私できません……」

「なら打つ手はない。仮に無理矢理に祓おうとすれば、あんたも祓おうとした人間も地獄を見るだろう。今の状態が可愛く思えるほどのな」

反町ミサキは顔面蒼白で固まっていた。

「なんで私がこんな目に……」

「さあな。ただひとつ言えることはすべての事象には必然性があるってことだ。多くの人間は身に降りかかる不幸を運の悪い出来事として、自分から切り離すがね」

秋雨前線の湿った空気が、余計に沈黙を重たいものにしていた。かなめは卜部の言葉を反芻しながら成り行きを見守っていた。

「あと、これは忠告だが、やるなら早いほうがいい。長引けばそいつはあんたにもっと悪影響を及ぼし始める」

「悪影響ってどういうものでしょう……？」

反町ミサキは青ざめた表情で尋ねた。

「第一に二度と子を望めなくなる……そうなるまでもって数週間。それを過ぎれば祓うのがどんどん困難になる。仮に祓えても後遺症が残る可能性が高まっていく。ある時点を越えるとそいつが肉を持って顕現することになる……意味は分かるな？」

卜部は視線を反町の腹部から顔に戻しながら言った。

「産まれるってことですか……？」

卜部は黙ってコクリと頷いた。

かなめは背筋がゾクリとするのを感じた。存在しないはずの何者かを身に宿し、それが日に日に大きくなっていく恐怖を想像した。得体の知れない怪物が自分の中から血にまみれて出てくるところを想像する寸前のところで、反町ミサキのか細い声が聞こえた。かなめはその声で現実に戻ってきた。

「やります……その条件でお願いします……」

「いいだろう。契約書を作る」

卜部は部屋の隅に置かれた木製の古いデスクの引き出しから紙を取り出すとそこに手書きで契約内容を書き始めた。古びた万年筆で書く字は端正で美しかった。

「契約を破れば一切の厄をあんたに引き受けてもらう。助手の分の厄もだ」卜部はかなめを顎で指した。

反町ミサキは小さく震えながらも頷いた。

「ここに血判を押してもらう。おい！　針を！」

かなめはデスクに置かれた木箱から小さな針の付いた木の台を取り出して持っていった。

「まずはあんたからだ」

卜部はそう言うと針付きの台を依頼人に手渡した。

「親指に刺して血判を押せ」

反町ミサキは少し躊躇ったが覚悟を決めて針を親指に突き刺した。ぷつという感覚と共に鋭い痛みが走ったが、思ったほどの痛みではなかった。親指の腹に出来た血の雫を押しつぶすように、反町は契約書に捺印した。

それを確認すると卜部が後に続いた。その後かなめも卜部に倣って捺印した。

「いいか？　この契約書の効力を甘く見るな。ただのオカルトじゃないからな。契約を破って厄を被れば死ぬだけじゃすまない目にあう」

「はい。絶対破りません。助けてください。お願いします……」

反町ミサキは去り際にもう一度深々とお辞儀をすると事務所から出ていった。彼女が去ってしばらくすると卜部が深いため息をつきながら言った。

「おい。かめ」

「かなめです」

「お前、水着持ってるか？」

かなめは一人、険しい表情で鏡を睨んでいた。スポーツ量販店の水着コーナーに置かれた鏡の前に立ち、水着を着せられたハンガーを身体に合わせては、また別の水着を探しに行く。あまりにも地味なものを選べば、色気がないと卜部に馬鹿にされるのは目に見えていた。しかし派手過ぎれば、それはそれで何を言われるか分かったものではない。だいたいビキニなんて着る勇気もないし……

店には聞いているこちらが恥ずかしくなるような、アイドルの歌が流れていた。彼が喜ぶのはキュートかセクシーか……？

かなめはその曲をできるだけ聞かないようにしながら、再びラックにかけられた水着を物色する。かれこれ一時間は悩んでいた。

「あの……万亀山さん？」

突然後ろから声をかけられ、かなめは思わずビクっと身体を震わせた。まるで見られてはいけない姿を見られた子どものように。

「そ、反町さん!?」

振り向くと依頼人の反町ミサキが立っていた。ミサキはクスっと笑うと、選ぶの手伝いましょうか？」と水着を指さした。

反町ミサキは水泳インストラクターらしく、水着の性能や向き不向きを説明しながら、かなめの水着を選んでいった。かなめは、なるほどと相槌（あいづち）を打ちながら水着を身体に合わせてみる。そんな様子を見て反町は水着を試着することを勧めた。

「似合うかどうかは、着てみないと正直わかりませんよ。合わせた感じと着た感じが随分違うことってよくあるんです」

更衣室で水着に着替えることに正直抵抗があったが、かなめはその意見に従うことにした。卜部に馬鹿にされたくなかったし、少しくらいドキリとさせてやりたい。

どっちがタイプ？　とアイドルが歌う声が聞こえてきて、かなめは無心になって更衣室に入っていった。

「あっ！　それすごく可愛いですよ！　似合ってます！」

簡易の軽いドアを開けて恥ずかしそうに出てきたかなめに向かって反町は小さく拍手しながら言った。

「あと、これとこれも着てみましょう！」

「えっ……いや……もうこれで……」

「駄目ですよ！　ちゃんと一番可愛いのを選ばないと！　あの怖い霊媒師の先生を見返してやらなきゃ！」

反町ミサキはかなめに目配せをした。

「いや！　そんなんじゃないですよ！　違います！　わたしと先生はただの助手と先生で！　それで……」

しどろもどろに答えるかなめをお構いなしに反町は水着を手渡してかなめを試着室に押し込んだ。

あんなに恐ろしい怪異に取り憑かれているというのに、気さくで明るい強い人だな……

かなめはぼんやりそんなことを考えながら次の水着に着替えるのだった。


水着や水泳帽の入ったスポーツ店の袋を抱えて、かなめは卜部との会話を思い出していた。

「まずはプールの会員になって情報を集める」

「あっ！　人見知りの先生の代わりに、怪異のことを聞いて回ればいいんですね？」

かなめは意気揚々と答えた。

「人見知りは余計だ。俺たちが邪祓師（じゃばらし）だと気付かれないようにな？　お前はそれとなく情報を集めろ」

卜部は鋭い視線で念を押した。

「どうしてですか？　みんな困ってるんだから、邪祓師だって言ったほうが情報を教えてくれると思いますけど？」

「大抵の人間はな。だが真実を知っている者がそうとは限らない……」

卜部の横顔に影が差したような気がした。

「どういう意味ですか……？」

「さあな。今に解る」

そう言うと卜部はかなめを指さして付け加えた。

「それともう一つ……」

卜部の指示にかなめは大声で抗議する。

「ええ!?　無理ですよ！　絶対無理です！」

「それをなんとかするのが助手の仕事だ」

かなめはそこまで思い出すと大きくため息をついた。卜部が無茶を言うのは毎度の事だとは分かっていたが、今回は輪をかけて無茶な要求だった。だいたい、それと今回の怪異に何の関係があるのだろうか？

家に帰ると姿見の前でもう一度、水着姿の全身をくまなく点検した。大きくない胸を両手で押さえて、かなめは再び大きなため息をつくのだった。

翌日の昼過ぎに、二人は事務所から件のプールへと向かった。少し郊外の駅付近にあり、専用のバスも出ているためアクセスは良好だった。にも拘らず、建物の前に立った時そこからは何とも言えない陰鬱な気配が漂っていた。

コンクリート造りの壁は、排気ガスで煤けて薄汚れている。秋雨前線の影響でここのところ降り続いている雨が、いっそう冷ややかに感じられた。分厚い雲に太陽が覆われて、昼にも拘らず薄暗いためか、看板の照明には明かりが点っていた。その明かりも、右から二番目がチカチカと頼りなく明滅している。

「嫌な感じですね……」

かなめは卜部に耳打ちした。

「ああ。気を引き締めろ。浮ついてると障りをもらうぞ。今回のやつは重い……」

卜部の頰に水滴が流れた。それが雨の雫なのか、あるいは冷や汗なのかは分からない。

建物の中はプール特有の塩素の臭いが充満していた。少し懐かしいような臭いに無意識に心が反応する。受付で予め書いておいた会員登録の書類を手渡して、簡単な説明を聞いているとプールの方から反響する声が聞こえてくる。

「ブクブクーパッ！　ブクブクーパッ！　そうだよー！　上手！　上手！」

どうやらインストラクターが子どもに泳ぎを教えているようだ。

プール特有の雰囲気を味わいつつ、かなめは卜部と別れて更衣室へと向かった。

更衣室に入ると中には何人か人がいて、着替えたり雑談したりしていた。その中のひとりがこちらに気付いてニコニコしながら近づいてきた。

「もしかして新人さん？　あなたもコーチ狙いかしら？」

ド派手な花がらの水着を着た、小太りの中年女性は肘でかなめの脇腹を小突きながら言う。

「はい！　万亀山かなめです。今日が初日なので色々教えてください」

かなめは持ち前の人懐こい笑顔で答えた。小太りの中年女性は目をまん丸にしてかなめの手を取ると甲高い叫び声を上げる。

「まあ！　なんていい娘っ！」

「ところでコーチ狙いってなんですか？」

かなめは手を握られたまま首をかしげて尋ねた。

「あら？　知らないの？　名物のイケメンコーチがいるのよ！　あなた可愛らしいから手強いライバル出現ね！」

そう言うと小太りの中年女性はウインクして更衣室を出ていった。

出口の扉に手をかけたとき彼女は思い出したように振り返り大声で叫んだ。

「私は堀内よ！　ホーリーって呼んでね！」

ホーリー……心の中でつぶやきながら、かなめはホーリーを送り出した。彼女に続くように更衣室にいた人が次々と出て行ってしまい、気が付くと部屋にはかなめ一人だけになっていた。

突然訪れた背中を刺すような沈黙。遠くで反響するプールの声も、まるで水中に沈んだかのように聞こえなくなった。

かなめは黒のジャケットを脱ぐと、着ていたブラウスのボタンを外した。ブラウスの下から、前もって着ておいた水着が顔を出す。

「別に水着を見せるために来たわけじゃないから。あくまで先生と仕事で来ただけだから」

そう心の中で自分に向けた奇妙な言い訳をしている時のことだった。

かなめは背後に嫌な気配を感じてぶるりと震えた。冷や汗が滲(にじ)み首筋が緊張する。

そして反町ミサキの話が脳裏に思い浮かぶ。

「見た見た、黒い人影でしょ!?」

「奥のロッカー近くによく出るらしいよ」

かなめの背後にはその奥のロッカーなるものが静かに佇(たたず)んでいた。しかしかなめは恐ろしくて、すぐにそれを確認することができない。それでもかなめがゆっくりと振り返るのは、心霊解決センターのたった二人しかいない職員だからなのか、あるいは別の秘められた衝動から来るものなのか、それはかなめ自身にも分からない。

かなめは両手をきつく握りしめてゆっくりと振り返る。視界の端が背後のロッカーを捉え始めると、そこには黒い人影が立っている気がした。かなめは恐ろしくなって、最後は思い切って、体ごと一気に振り返った。

「誰!? そこにいるの!?」

かなめは奥のロッカーに向かってきつい口調で叫んだ。しかしそこには半開きのロッカーが静かに立ちつくすだけだった。

かなめが肩の力を抜いてふぅとため息をついたその時だった。

バタン!!

「きゃああ!!」

かなめは思わず悲鳴をあげた。

突然半開きのロッカーが攻撃的な音を立てて独りでに閉じたのだ。かなめはあまりの衝撃に尻もちをついてロッカーを呆然と見つめていたが、はっと我に返ると慌てて卜部の待つプールサイドへと駆け出した。

「先生!!」

プールサイドにはど派手なハイビスカス柄の競泳水着をはいて仁王立ちしている卜部が、腕組みしながら苛々と待っている。

「遅いぞ! かめ!」

卜部は声の方向に振り向きざまに小言を言ってやろうと待ち構えていた。

「いったい着替えにどれだけ時間が……」

そこまで話して卜部は言葉に詰まった。

そこには光沢のある黒を基調にした、競泳用の水着に身を包んだかなめの姿があった。艶っぽい黒に水色のラインが入った水着は、ぱっくりと大きく背中が開いていた。キュッとよく締まった小ぶりな臀部と、大きくない胸が、バランスよく水着の中に包まれている様を見て、卜部は無意識にかなめから目をそらす。

「着慣れてるな……水泳やってたのか？」

卜部はかなめの方を見ずに言った。

「や、やってませんよ！　たまたまスポーツ用品店で会った、反町さんに見立ててもらったんです！」

かなめは卜部の予想外の反応に嬉しいやら恥ずかしいやらで顔を真っ赤にしながら、持ってきておいたラッシュガードを羽織った。これ以上この恥ずかしさには耐えられそうにない……

「それより大変です！　更衣室に怪異が出ました！」

かなめがラッシュガードを着たのを確認し、いつもの調子を取り戻した卜部が舌打ちしたのがかなめの耳に入った。

「ど、どうかしましたか？　わたしなにかまずいことしました……？」

「いや。お前は関係ない。言っておいたと思うが、ここの更衣室で絶対に着替えるなよ？」

「はい。今日も言われた通り、水着は中に着てきました。でもいったいどうして？」

「じきに解る。それよりこのプール……」

ト部は目を細めてプールの角に出来た暗がりを見据える。かなめもそれに釣られて暗がりに目をやった。

そこには異様な光景が広がっていた。

ゆらゆらと揺れる水面の奥に、小さな手のようなものが動いている。まるで新生児かそれよりも……

「あれ……むぐぅ……」

かなめが口にしようとした瞬間にト部が左手でかなめの口を塞いだ。

「言葉にするな。今はまだ弱々しく水の中にいるが、実体を得れば水の上に上がってくるぞ」

かなめは前にト部に言われたことを思い出す。

「怖い想像をするだけならセーフだ。頭の中、精神の中はまだこの世じゃない。だが言葉にしたり絵に描いたりして実体を与えると、それはこの世に産まれることになる……」

かなめは黙って頷(うなず)いた。それを確認して卜部は口から手をどける。

卜部は軽く水面に触れて目を瞑(つむ)った。その姿はまるで亡者に祈りを捧(ささ)げているかのように見えた。

「この水面が境界線だ。ここから下は幽世(かくりょ)に近い……」

顔を上げた卜部が誰に言うともなく呟(つぶや)いた。

卜部はかなめに視線を送って言う。

「入るぞ……」

かなめはそれを聞いて、ゾクリとしたものが背中を上るのを感じた。

「これを足首に着けとけ」

卜部はかなめに薄汚れた輪っかのようなものを手渡した。それは木の皮で編まれたミサンガのようだった。

「なんですか？　これ？　手じゃ駄目なんですか？」

かなめはしげしげとそれを眺める。

「足首だ。正確には崑崙(こんろん)だが。ここの水は相当、陰に偏ってる。そいつは陰には無力だが、水の性質を昇華して緩和させる働きがある」

「先生は着けなくて大丈夫なんですか？」

「男はもともと陽の生き物だからな。女は陰の生き物だ。だからここの水の悪影響をもろ

「そいつに変化が表れたら要注意だ。急いで水から上がれ。もし切れたら……」

卜部は険しい表情で言葉を区切った。

「もし切れたら……？」

かなめも不安な表情で卜部の顔を覗(のぞ)き込んだ。

「命に関わる。俺が居ない時は絶対水の中に入るなよ？」

いつになく真剣な眼差(まなざ)しで卜部はかなめの目を見据えた。かなめはそれに応えて黙って頷いた。

二人はステンレスの梯子(はしご)が掛けられた位置に移動すると、卜部が梯子を伝ってゆっくりと水中に身体(からだ)を沈めた。卜部は表情一つ変えずにかなめに来るように合図する。

かなめはそれを確認すると、梯子を掴(つか)んで後ろ向きに、ゆっくりとプールに降りていく。片足が水に入った時、咄嗟(とっさ)に足に目をやった。ぬるりとした感触がふくらはぎに触れた気がしたからだ。しかしそこに変わった様子はなく、細かく波立ったプールの水面に天井に張り巡らされた万国旗が映り込んでいるだけだった。

全身が水に浸(つ)かると、纏(まと)わりつくような嫌な感じがする。水が重い。ラッシュガードを着ているせいだろうか？

見渡すと反対側の一角では小さな子ども向けの水泳教室が開かれている。そこには反町ミサキの姿があった。ワイヤーとカラフルな浮きで区切られた隣のコースには若い男のインストラクターが大人の女性向けにフィットネスのクラスをしているようだった。

和気あいあいとした雰囲気とは裏腹に、彼らの回りの水はここよりも一層淀(よど)んでいるように見えるのは気のせいだろうか……

かなめがそんなことを考えていると卜部が隣にやって来た。

「あそこまで泳ぐぞ。泳ぎ切ったらすぐに陸に上がる。いいな?」

やはり卜部もあちらが気になるようだった。

「何か気付いたら後で教えろ。お前が先だ」

かなめはコクリと頷くと泳ぎ始めた。

ゴーグルをかけて息継ぎをしながらクロールをした。久々に泳ぐせいか、着慣れないラッシュガードのせいか、とにかく水が重たく感じる。うまく息継ぎが出来ず気持ちが焦ってくる。五十メートルあるプールの端が遥(はる)か遠くに思えた。

中程まで来ただろうか? ふと水底の異変に気がついてかなめは驚愕(きょうがく)した。先程まであったはずの底が無くなっている。どこまでも続く暗闇がプールの底に広がっていた。緊張が走る。

うまく息継ぎが出来ない! どうしよう!? 溺れる!? 足が付かない!!

パニックに陥って、半ば藻掻くように泳いでいると、前方から子ども達の声が聞こえて来た。

よかった。もうすぐ端に着く。

命の気配に安堵してそちらを見ると、そこにはブヨブヨとした海坊主が何体も何体も何体も、まるで海藻のように直立して水中を漂っていた。

かなめは恐怖で引きつり息継ぎに失敗すると、たちまち本当のパニックに陥るのだった。

深く暗い水底に吸い込まれないように必死で藻掻いていると突然脇腹を誰かに抱えられた。

「大丈夫ですよ！　落ち着いて！」

そこには反町ミサキの姿があった。少し遅れて卜部が到着する。

「かめ！　大丈夫か？」

「かめじゃないです……かなめです……」

ケホケホとむせながらかなめが返す。

「どうやら大丈夫そうだな」

卜部が密かに安堵の表情を浮かべるのをかなめは見逃さない。

「先生。このプール変です。底が無くなって真っ暗になって……」

「話は後だ。人目もある。とにかく陸に上がるぞ」

卜部がそう言って陸に上がろうとした時だった。インストラクターの若い男がやって来た。

「大丈夫ですか!?」

男はがっしりした体躯に似合わないベビーフェイスで、白い歯を見せてかなめに微笑みかけた。

「僕が抱えて陸に連れて行くよ」

男は反町ミサキにそう言って笑いかける。

「あっ！　大丈夫です！　少し足がつっただけなので！」

かなめはそう言うと、さりげなく卜部の陰に身を隠した。なぜだかわからないが、この男からとても嫌な感じがした。その感覚は以前、山下邦夫の廃ビルで感じたあの感覚と近かった。

それは邪悪の気配だった。態度や言葉とは裏腹に、自己愛と悪意に満ちている邪悪な気配。善良な振る舞いに隠れて、邪悪はこれ見よがしに踊っているのだ。

「先生……彼が今回の怪異の元凶ですよね……？」

陸に上がってすぐにかなめは小声で卜部に尋ねた。卜部は少し間を置いてから「そうだ」とだけ短く答えた。

男の名は榛原大吾。この施設では有名なイケメンインストラクターである。丁寧で謙虚な指導と、どこか間の抜けた頼りない印象が親しみやすさを生むのか、女性客からの人気を一手に集めていた。しかしこの男に恋をしたことが引き金となって施設を去ったものも少なくないという。

「お前、プールで何を見た？」

赤と黄色のベンチに座るかなめにタオルを手渡しながら、今度は卜部が尋ねた。

「プールの底が無くなって深い海みたいになりました。真っ暗闇がずっと続いていました。それと……大量の海坊主がゆらゆら浮かんでいました……」

卜部は髪をかき上げて後頭部あたりでそれを握りしめる。一点を見つめ何かを思慮すると一言つぶやいた。

「飯行くぞ」

かなめは卜部の言いつけどおりに、更衣室では着替えなかった。かわりに人気の少ないエリアのトイレで着替えていると、隣の個室から微かな泣き声が聞こえてくる。一瞬、かなめに緊張が走ったが、どうやら女の子がだれかと通話しているらしく、小さく話し声も聞こえてくる。

「うん……うん……そう。グスっ……マジでどうしよう……お……すなんて……お金もないし、バ……たらママにも学校にも……」

水の音がして個室から出ていく気配がした。かなめは急いで着替えを済ませて後を追ったがすでに人影は無く、どちらに向かったのか見当も付かなかった。

「今の子……」

かなめの心はざわざわと落ち着かなかった。

この建物に立ち込める塩素の清潔な臭いとは裏腹に、この建物の中で行なわれている何かおぞましい行為は、生臭く腐敗した経血のような臭いを撒き散らしている。その行為はある種の不浄で隠匿な儀式のように感じられた。儀式には必ず対象が存在すると先生が言っていた気がする。では一体、ここで行なわれている儀式の対象とは何だろうか？　何に捧げる儀式なのだろうか？

かなめはそんなことを考えながら、卜部と待ち合わせしたエントランスに向かった。そこにはまだ卜部の姿はなかった。

「あれ？　いつもなら遅いぞって小言を言われそうなものなのに。先生はどうしたんだろう？」

「あらぁ！　かなめちゃん！」

突然後ろから声をかけられた。振り向くとそこにはホーリーがこちらに駆けてくるところだった。

「ホーリーさん」

「あなたひとりでこんなとこに突っ立ってどうしたの？　良かったら私達と一緒にランチしない？」

ホーリーはかなめの手を両手で摑んで大げさに目配せしてみせた。

「ありがとうございます。でもすみません。連れと待ち合わせしてるので」

かなめは笑顔で明るくハキハキと伝えた。

「まっ！　彼氏かしら⁉　今度紹介しなさいよ！　それじゃあまたね！」

ホーリーはそう言って取り巻きの婦人達と自動ドアから出て行った。去り際にこちらに向かって投げキッスするのが見えたので、かなめは少し困ったような笑顔で手を振って返した。

「遅くなった」

ちょうどそこに卜部がやってきた。

「遅いですよ！　いっぱい人がいるからストレスでお腹(なか)が痛くなっちゃったんですか？

……痛っ!!」

かなめがここぞとばかりにしたり顔で言い終わるよりも先に、目にも留まらぬ速さでチョップが頭に飛んできた。

「調べ物をしてただけだ。行くぞ。かめ」

そう言って卜部は仏頂面で自動ドアの方に歩いていった。

＊

建物の外に出てあたりを見渡すと、通りにいくつか食事処があるのが見て取れた。スイミングスクールは交差点の一角に建てられており、裏手の方に進むと比較的大きな総合病院があった。そういうせいもあってか、弁当屋やコンビニにはナース服を着た女性の姿も散見された。

「どこに食べに行きましょうか？」

かなめはきょろきょろとあたりを見回しながら卜部に意見を求めた。

「こっちだ」

卜部はそういうと総合病院の方角に向かって歩き出した。

「大通りじゃないんですか？」

かなめは尋ねる。

「あんなところはチェーン店ばかりだろう。そうでなくても流行りの一発屋みたいな店か、代わり映えのしない無難な店かのどっちかだ」

卜部の偏見に満ちた物言いに、かなめが反論しようかと思っていると、突然卜部の足が止まった。視線の先には「洋食屋トミダ」と書かれた古めかしい看板。

「洋食か……」

卜部は腕組みしながら顎に手を添えて唸る。

「いいじゃないですか！　洋食！　先生、あそこにしましょうよ！」

そう言ってかなめは卜部の背中を押しながら洋食屋トミダに向かった。

ショウウィンドウの中に並ぶ昔ながらの食品サンプル。クリームソーダや、皿から飛び出して宙に浮いたフォークに巻き付くナポリタン。時代錯誤な雰囲気が幼少のころのワクワクを呼び起こしたためか、かなめはどことなくうきうきとした気分になってきた。

深緑と白のストライプ柄のオーニングは年季が入っている。入り口の脇にはベンチが置かれ、その周辺にはごちゃごちゃに色々な花が植えられたプランターがいくつも並んでいた。

白のペンキで塗られた木の扉には凹凸の施された黄色い硝子がはめ込まれており、特有の〝ちゃちさ〟が滲んでいる。かなめが軽い木の扉を開けると備え付けられたカウベルが勢いよくカラカラと音を立てた。

「いらっしゃい。お好きな席にどうぞ」

赤いバンダナを巻いた女性がそう言って二人を迎えた。中は昼間でも薄暗く、よく言えば落ち着いた雰囲気、悪く言えば少々退廃的な感じがした。

「うわー懐かしい感じですね！」

かなめはご機嫌でメニューを開いている。

「日替わりがうまいのか、それとも日替わりはロスを捌けるためのメニューなのか、そこが問題だな」

難しい顔でメニューを睨んでいるが、卜部もなんだかんで楽しんでいる様子だった。

「お決まりですか？」

水とカトラリーを持って先程の女性が注文を取りにきた。

「わたしは大人のお子様ランチで！　食後にクリームソーダをお願いします」

「大人のお子様ランチ!?」

卜部は思わず口に出した。

「なんです？　ちゃんとメニューにあるんですよ！　おかしくないですよね？」

店員の女性に向かってかなめが言う。

「はい。うちの人気メニューですよ」

女性はクスクス笑いながら答えた。それを見てかなめは勝ち誇った顔で卜部を見る。

「俺はデミグラスビーフカツレツプレートを頼む。それと食後にホットコーヒーを」

店員は伝票にオーダーを記載するとカウンターの向こうで料理する大柄の男性に向かって注文を叫んだ。すると男性は親指を立てて了解の合図をするのだ。

お昼の混雑時を過ぎていたため、料理はすぐに運ばれてきた。

「こちら大人のお子様ランチになります」

そう言って差し出されたのは特大のプレートに載ったオムライス、エビフライ、カニクリームコロッケ、ナポリタン、そしてサラダ。

エビフライは大きく立派で、頭まで付いている。なるほど大人というだけあってチープでない。それが皿の中心に大きく横たわっている。

サラダに半分載っかる形で置かれたカニクリームコロッケはふっくらとしていて、パン粉は極微細なものが使われている。冷凍品ではなく中のベシャメルソースから作られた、コックのこだわりが感じられる一品だ。

ナポリタンにも手抜きが無かった。具材には小さく切られた人参と玉葱、そして薄切りのソーセージが入っている。

サラダのメインはキャベツの千切り。しかし紫キャベツと真っ赤なパプリカがアクセントに加えられていて彩りが楽しい。

そして主役とも言うべきオムライスは半熟のふわとろたまごに、どろりと輝くようなデミグラスソースがかかっている。おまけに可愛らしい国旗が刺さっていた。

ごくりと唾を呑み込んで、かなめがオムライスをスプーンで割ると、中からはオレンジ色のチキンライスが顔を出した。チキンの旨味と脂を吸ってピカピカ光るチキンライスを、ふわとろたまごとデミグラスソースに絡めて口に運ぶ。

「んんんーっ!!」

満面の笑みでかなめが悶絶していると、卜部のプレートを持った店員がやってきた。

「こちらはデミグラスビーフカツレツになります」

そう言って差し出された卜部のビーフカツレツも技有りの一品だった。

一枚の大きなプレートにカツレツ、マッシュポテト、サラダ、ライスが美しく盛り付けられている。カツレツの上にはクレソンが添えられており、彩りが目にも楽しい。

分厚い赤身肉を肉たたきで薄く伸ばして香草とパン粉を付けてカリッと揚げられたカツレツは、ナイフを入れるとサクっと小気味よい音を立てる。

中には絶妙の火加減で揚げられたピンク色のビーフ。赤ワインベースの重たすぎないデミグラスソースはフォンドヴォから作られている深い味わいで最高のハーモニィーを奏でていた。

デミグラスソースにマッシュポテトを絡めるのを見て、かなめは思わずそれに目が釘付けになった。卜部はそれに気が付くと、余ったスプーンにマッシュポテトとデミグラスソースをすくってかなめに手渡した。

付け合わせのライスはなんと、きのこのガーリックライスになっていた。しっかり焼色がついたエリンギ、カリッとした食感になるまで炒められたしめじ、香ばしいガーリックとバターの風味がきのこと相まって、思わず卜部も顔がほころんでくる。

一心不乱になって食事を食べ終わった後、かなめは幸せそうにデザートのクリームソーダを頬張っていた。コーヒーを飲みながらそんなかなめを観察していた卜部がおもむろに口を開く。

「お前、そんなに食って太らないのか？」

「怖い目にいっぱいあうからエネルギーの消費が激しいんです！　先生みたいに怪異に冷めてないですから！」

そう言い、かなめは幸せそうにクリームソーダを口に運ぶ。

「ふん！　お前のほうがよっぽどお気楽そうに見えるがな」

卜部は悪態を吐いて窓の外を見た。そこからちょうど総合病院が目に入る。

「おいマスター。ここはあの病院の連中もよく来るのか？」

卜部は皿を洗う店主とおぼしき男性に声をかけた。

「ええ。特に昼時には」

「そうか。ところで怖い話の噂は知らないか？　たとえば産婦人科あたりの」

卜部がそう言うと店の中に一瞬緊張が走った。

「お客さん……知ってるの？」

「いや。ただそういう奴を相手取るのを生業にしてる」

「そうですか……怖い話の噂は知りません。ただお客さんが思ってることは多分間違ってないんじゃないかと思いますよ」

男はそう言って奥に入ってしまった。

「どういうことですか？」

かなめが小声で尋ねた。

「さあな。そろそろ行くぞ」

そう言って卜部は勘定を済ませ、来たときと同じカウベルの音を立てて店の外に出ていった。しかしその音色は、店に入った時の楽しげな音ではなく、どこか寂しげな音に聞こえた気がした。

かなめは店員に笑顔で礼を告げると、すぐに卜部の後を追って駆けていった。

＊

反町ミサキは人の気配が消えた閉館後のプールにいた。騒がしい生徒達の声は消え、薄暗い天井にはゆらゆらと水面の影が揺れている。

手が滑って持っていた水中メガネを床に落としてしまった。

コーン……とプールに反響する落下音を合図に、赤ん坊のすすり泣くような声がどこからともなく聞こえてくる。

発情する猫の甘ったるいような、あるいは神経を逆撫でる、生理的な嫌悪と不安感を煽るような、そんな声。

やがてそれはミサキを取り囲むように、空間全てを埋め尽くすように聞こえてくる。

ミサキは俯いて耳を塞ぎ、なんとか声をやり過ごそうとした。

その時、ビクッ……と下腹が痙攣するのを感じる。

目をやると自分の下腹部に小さな手形が浮かんでいる。内側からミサキの下腹部を押す小さな手。

「ひぃぃいっ……」

ミサキはそれを刺激しないように息をひそめるが、ミサキと繋がるその存在には無意味だった。

「ぎゃああ!! ぎゃああ!! ぎゃああ!!」

自分の内側から聞こえる、火が付いたように泣き叫ぶ声、赤ん坊の声、ミサキはただひたすらに腹の中に巣食う存在に向かって謝罪する。

「ごめんなさい! ごめんなさい! ごめんなさい! ごめんなさい!」

「ぎゃああ!! ぎゃああ!! ぎゃああ!! ぎゃああ!!」

「ごめんなさい! ごめんなさい! ごめんなさい! ごめんなさい!」

「ぎゃああ!! ぎゃああ!! ぎゃああ!! ぎゃああ!!」

「ごめんなさい！　ごめんなさい！　ごめんなさい！　ごめんなさい！」

すると突然ミサキを取り囲む赤ん坊の声がピタリと消えた。腹の中から聞こえる声も。

「反町さん？」

「大吾くん……二人きりの時はミサキって呼んでって言ってるでしょ？」

「ごめんごめん。大丈夫？　思い詰めた顔してどうしたの？」

その声に顔を上げると、そこには榛原大吾の甘い笑顔があった。少しとぼけたような表情でミサキの肩をさり気なく触る。その手は柔らかく心地よい力加減だった。

「大吾くん……」

「大丈夫？　顔色が悪い……どこか具合でも？」

男はそう言うと、優しく肩を抱きながら自然に隣に腰掛けた。

「ううん！　なんでもないの。気にしないで」

そう言ってミサキは男に笑いかけた。トクンと下腹部で何者かが脈打つ。

「話って？」

男は本当はさっさと次に進みたかった。しかしそんな素振りは出さずに落ち着いた物腰で言う。

「噂になってるよ。高校生に手を出したって。大丈夫なの？」

ミサキは出来るだけ責める素振りを見せないように、慎重に言葉を選んだ。

「ああ。そのこと。大丈夫だよ。うちの病院で全部世話することになってるし、ちゃんと渡すものも渡してあるから」

榛原大吾は悪びれる様子もなく白々と言ってのけた。事実この男にとっては何も特別なことはない、平生のことであった。

「それに弱みを握ってるから裁判沙汰になることもないさ」

そう言い終わると榛原大吾はミサキを抱き寄せて顔と顔を近づける。するとミサキはフイと横を向いた。

「どうしたの？　何か怒ってるの？」

男はヘラヘラと言う。面倒な女だと思ってもそれは一切面に表さない。

「ちゃんと私だけ好きなのかなって」

ミサキはふくれっ面でそう言った。下腹部がビクビクと脈打つ。

「もちろんだよ。他は遊びだよ。結婚してから遊ばないで済むようにって話したろ？　俺はどうしようもない奴だから……でもミサキのことは本気なんだ」

男はミサキの顔を覗き込んで完璧な笑顔を浮かべる。引き締まった身体に、甘いマスク。父親は総合病院の経営者で、おまけに産婦人科医だった。

最悪な人格に最高の外見を被せて、地位と金まで与えるとは神様は一体何を考えているのだろう？　それとも彼は堕落した神の使徒なのだろうか？　神に逆らい地に落とされた堕天使のような。

ミサキは頭の中でそんなどうでもいい妄想を繰り広げていた。しかしそれとはまったく別のことを脳はフル回転で考えている。

「証明できる？」

ミサキはとうとう切り出した。

「もちろん。君の為ならなんだってするよ」

男は心にもないことをまるで本心であるかのように熱弁する。

たくましい腕に肩を抱かれながらミサキはその目を真っ直ぐに見つめてつぶやいた。

「じゃあ今日はここでして……」

ミサキは思う。彼が悪魔だとすれば、私もまた悪魔にそそのかされた邪悪な女なのだ。

＊

榛原大吾は玄関のドアを開けて暗い部屋に明かりを点ける。それにしてもミサキのやつプールでしたいだなんて予想外だったな。変態の気があるなら、今度はもっと過激なことをさせてやろうか？　そんなことを考えながら、男はパソコンの電源を入れた。

「オギャ……」

どこかで赤ん坊の泣く声が聞こえた気がした。しかしマンションの別室に赤子がいたとてなんら不思議はない。男は気にも留めずパソコンで動画の編集を開始する。

「オギャア……アァ」

またしても赤ん坊の泣き声。うんうん。命が産まれるのは素晴らしいことだ。

そんなことを考えながらも男の意識はパソコンから途切れることはない。そうやって榛原大吾という男は成功を収めてきた。どんな時でも、どんな状況でも、自分の予定を変えることなどない。スターバックスにコーヒーを飲みに行く途中で、たとえ老婆が死にかけて倒れていたとしても、男が老婆に一瞥をくれてやることはない。ましてや立ち止まることなど絶対にないだろう。

ただしそこにスターバックスを超えるメリットがあれば話は違ってくる。男は打って変わって親切で愛情深い好青年の顔に変わり、甲斐甲斐しく老婆を介抱するだろう。

しかしながら、この赤ん坊の声にはどこか違和感がある。男はふとそんなことを考えた。その違和感は男を無性に苛つかせた。キーボードを操作する音までイライラと神経を逆撫で始める。

「チッ！　うるせぇなぁ！　いったいいつまで泣いてんだよ!?　親は何やってんの!?」

男はそう言って椅子から立ち上がった。その時、違和感の原因に行き着いて男は固まった。背中を冷や汗が流れるのを感じる。

このマンションは全室防音仕様の高級マンションだった。男が住処を探すに当たり、絶対に譲らなかったのがこの防音仕様だった。

連れ込んでしまえば外部から遮断できる匿名の空間。

一介の水泳インストラクターでは到底住めないような高級マンションに、男は親からの潤沢な援助を受けて住んでいた。

そんな防音室のマンションで、いったいどこから赤ん坊の泣き声が聞こえる……？　男が狼狽して辺りを見回した時だった。

「ぱぁぱあ……」

男の耳元でくぐもった声がそう言うのが聞こえた。振り向こうとすると小さな冷たい手が弱々しく耳を掴んだ。

「うわあああああぁあぁあああああぁぁあああ!!」

男は確かに聞こえたその声と、耳に触れた感触に取り乱し壁際に飛び退いた。

「だ……誰だ!?　ミサキか!?　ミサキの悪戯か!?　分かった!!　唯か!?　唯だろ!?　もう話はついただろ!?」

男は叫んだが誰からの応答もなかった。

シン……と静まり返った部屋にまたしても赤ん坊の泣き声が聞こえた気がした。

そのころ卜部とかなめは小林（こばやし）唯という少女に会っていた。

「はじめまして。わたしがさっき電話したかなめです。この人は腹痛先生」

かなめはそう言って卜部を指す。卜部はかなめを睨（にら）みつけて言った。

「卜部だ。あんたに話があって来た」

その言葉を聞いて小林唯の表情がこわばる。

「もう！　先生！　いきなりそんな態度じゃ唯ちゃん怖がっちゃうじゃないですか！」

かなめが割って入った。

「オブラートに包むのは嫌いだ。だいたいこいつももう大人だ。分別が無いわけじゃあるまい」

そう言って卜部は少女に鋭い視線を送る。

「あの……話ってなんですか……？」

少女はおずおずと尋ねた。

「単刀直入に言う。堕（お）ろすな。あの男のことが心配なら気にしなくていい」

「ど……どういう意味ですか？　だいたいミカにしか言ってないのに何で知ってるんですか？」

「あんたが情報源を知る必要はない。それより、そいつを堕ろせば絶対に後悔することになる。あんたが関わったのがあのプールじゃないなら、俺も別に何も言わない。だがあそこはもう限界だ。これ以上悪化すればあんたはその生命の責任をとんでもない方法で支払うことになる」

卜部の眼の奥の冷たく鈍い光が少女の瞳の奥を突き刺す。少女はぽろぽろと涙を流し始めた。

「いいな？　必ず産むんだ。親に相談しろ。無理なら行政を頼れ」

そう言って卜部はメモ書きを少女に渡した。

「私……こんな事になって……ごめんなさい……本当は堕ろしたくなくて……でも怖くて……ごめんなさい……」

少女は泣きじゃくりながら謝罪を繰り返した。

「大丈夫よ。先生がなんとかしてくれる。唯ちゃんも先生を信じて」

かなめは少女の背中をさすりながら言った。

「あの男の始末は俺がつける。あんたは自分とそいつのことだけ考えろ」

卜部はそう言い残してその場をあとにした。かなめもそれに従った。

＊

「大吾先生ー！　フォームのチェックお願いしまーす」

プールにはホーリーの陽気な笑い声が反響する。

血のように赤い夕日が、天井付近、壁一面に設けられた窓からプールに西陽を投げ込む。

太陽の沈むのに合わせて、西陽は照らす先を天井に変えていく。

すると当然プールには影が差し、夜の気配が色濃くなっていく。

プールには相変わらずホーリーの陽気な声が響いている。

バチンと音がしてナイター用の照明が点灯する。

するとある種の影が一層濃くなる。

子ども達の騒々しいバタ足が、水音と飛沫を撒き散らす。

どこかで発情した猫が甘えた鳴き声を撒き散らす。

保護者達の他愛のない噂話がぺちゃくちゃと聞こえる。

(猫の声はいつのまにか赤ん坊の泣き声に変わっている)

反町ミサキの生徒達が、順番に並んで自分の番を待つ。

(油粘土のようにのっぺりと白い子どもの隊列が、ずらりとプールサイドに整列する)

反町ミサキが吹く笛の音が木霊する。

それを合図に自分の番の子どもが泳ぎ始める。

(それを合図に粘土のような子ども達がいっせいに、感情のない表情で榛原大吾を見つめる)

嫌に重量感を感じさせる生気の無い粘土のような質感の肌。暗い瞳。丸く開いた口。口の中に覗く底なしの黒い孔。それが全て男の方に向けられていた。

「す、すみません……ちょっと体調が優れないので今日の指導はここまでで……皆さん残りの時間は自由に泳いでください」

男は表情を強張らせてそう言うと、逃げるようにプールを後にした。

「もぉー！　何よぉ!?　せっかく教えてもらうところだったのにぃ!?」

ホーリーはそう叫びながら卜部とかなめのもとに泳いできた。

「ははは……榛原先生はどうかなさったんですか？」

かなめは困ったような表情で笑いながらホーリーに尋ねた。

「なんか調子悪いみたいよ？　ここ最近ずっとあんな調子らしいけど……今日は特に酷いみたい」

どうしたのかしら？　とわざとらしく人差し指を自身の頰につけてホーリーは首をかしげた。

「今夜は満月だからな。おかしなものでも見えたんじゃないか」

卜部がそう言うとホーリーは水面を叩いて言った。

「なるほどね！　満月は人の心をかき乱すって言うもんね！」

彼女はそれで得心がいったという顔をすると、満足気に仲間たちの所に帰っていった。

「かめ。今夜だ」

かなめはそれに黙って頷いた後、卜部を見据えて言った。

「かめじゃないです。かなめです」

＊

ごめんなさい……ごめんなさい……自分のうわ言で目が覚めた。最悪の気分だ。

もう十年近く経つというのに……いったいいつまで私はこの呪縛に囚われなければならないのだろう。

だいたい仮に別の選択をしていたとしても、当時の自分がまともにそれと向き合えたとは到底思えない。

父はいつも優しかった。決まって夕飯時に家に帰ってくると、着替えを済ませて食卓に着く。すると私をそばに呼び寄せてはご機嫌で晩酌するのが父の日課だった。

私は父の仕事の話や同僚の話を聞いてその時を過ごした。母は眉間に皺を寄せて台所で父のつまみを作っていた。

消防士だった父はがっしりした恵まれた体格をしていた。水難救助の観点から父は私に水泳を習わせた。父さんは強いんだぞというのが彼の口癖だった。私はそれを信じていた。

母は神経質な人だった。カルチャーセンターでパッチワークの講師をしていたため、家には彼女の作品がきっちり完璧に展示されていた。

彼女は完璧な家事をこなすことが完璧な妻の務めだと信じていた。

そして私にもそれを強要しようとした。

私は家事やパッチワークや裁縫などにはまったく興味がなかった。私は男の子と外で遊ぶのが好きだった。

しかし母は泥だらけで男の子と遊ぶ私を見てはヒステリーを起こした。私が近所の男の子達と遊んで帰るたびに、〝イロケヅキヤガッテ〟と叫び散らした。

色気づきやがって。母の言葉の意味を知るようになったのは中学校に上がってからだった。

父は母のヒステリーに耐えかねて、母の前で私をぶつようになった。すると母は満足そうに、「ほれみたことか！」と私に吐き捨てる。

母がヒステリーさえ起こさなければ父はいつもの優しくて強い父だった。

中学二年生のころに、私は先輩と付き合うことになった。

彼は私にたくさんの素敵な言葉をくれた。愛してる。一生一緒にいよう。お前が俺の全てだ。

感じたことのない幸福感で頭がチカチカした。世界中の悲しみが吹き飛んでピンク色の光にのみ込まれる感覚。

そうして私はその感覚の虜(とりこ)になった。その感覚が、その実感が、あのピンクの柔らかで鮮烈な光がなければ世界は途端に色を失ってしまう。

また灰色の薄汚れた世界になってしまう。

だから私は彼が求めることは何でもした。そうすれば彼は私に生きている実感を与えてくれる。

そうして私は彼に初体験(ヴァージン)を捧(ささ)げた。すると彼は私にピンクの光をくれなくなった。

私は彼と別れて、別の人と付き合った。付き合った。付き合った。付き合った……

そうして高一の夏、私は妊娠した。相手は二つ上の先輩だった。

蒸し暑い夜に、彼が両親を連れてうちに来た。

平謝りする彼の両親に父はへへっと笑って言った。

「まぁうちの方にも問題がありましたから、お互い様ということで」

父は強いんだぞ。父はツヨイんだぞ。チチハツヨインダゾ……

母に付き添われて病院に行った。その道中、母は私に何も一言も話さなかった。

こうして私は家の中にも、学校の中にも居場所が無くなった。

仕方なく次々と新しい彼を求めて彷徨(さまよ)った。ピンク色の光に包まれていなければ、もはや正気を失いそうだった。

毎晩、毎晩毎晩毎晩毎晩毎晩毎晩毎晩毎晩毎晩毎晩毎晩……

赤ん坊の泣き声が聞こえた。

嘘だ。そんなものは聞こえない。

しかし振り返るといつもそこには血に塗れた何かがいて、私はそれから目をそらし続けた。

スポーツ系の専門学校を出て、今の職場に落ち着き、大吾くんと出会った。

彼に会って、彼に愛されて、彼に食い物にされて、私の心を蝕み続ける泣き声は鳴りを潜めた。

それなのに、いつからかおかしなことになった。気持ちの悪いモノが見えるようになった。

今度は頭の中ではなく、自分の中から胎動が聞こえるようにった。

身体の中からあの泣き声が聞こえる。神経を逆撫でるあの声……

お願いだからもう消えて……祈るような想いで目を瞑る。

しかしそれをあざ笑うかのように、どこからか赤ん坊の泣き声が聞こえた。

今夜で全部おしまいにする……暗く淀んだ眼でミサキは榛原大吾に電話をかけた。

「もしもし大吾くん？　そっちも赤ん坊の声が聞こえるんでしょ？　解決法が見つかったの。今夜プールに来て」

それだけ伝えるとミサキは一方的に電話を切って部屋を出た。
榛原大吾は窓の奥に広がる闇を見つめていた。
気のせいではない。
暗闇の奥にぼぅっと浮かび上がる赤ん坊の影。
それがゆっくりこちらに向かって這ってくるように見える……
いけない……あれに捕まってはいけない……
直感が警報を鳴らす。数々の不都合を回避してきた百戦錬磨の直感が叫ぶ。
あれと関わってはいけない!!
しかし体が言うことを聞かない。微動だにすることができない。
ひた
ひた
ひた
ひた
とうとう伸ばされる手足の音さえ聞こえてくる。
逃げ出したい衝動に駆られながらも、男はそれから目を離すことができない。

見たくない見たくない見たくないぃぃぃぃぃいい!!

目を瞑ろうとしても、必死で顔を背けようとしても、恐怖に固まった相貌は意思に反して怪異を凝視し続ける。

たどたどしく伸ばされる手足。よろけて躓けば崩壊し、赤黒く壊死した肉片がズルリと剝け落ちる。

「そのまま崩れて死んでしまえ……!!」

男は大声で叫んだ。

しかしそんな男の願いも虚しく、どれだけ惨たらしく崩れてもそれが止まることは無かった。

とうとう窓ガラスにそれは到達する。

は、入ってくる……!!

男が戦慄しながら為す術もなく震えていると、それが窓に触れた。

え!? 男は目を疑った。

「き、消えた……!? た、助かったのか……?」

ぐっ……

ぐ

ぐ

ぐ

ぐ

グググッ

自分の意思を無視して首が背後に振り向かされていく。

背後に振り向く途中に鏡が目に入った。

そこに映る自分の姿を見て榛原大吾は悲鳴をあげた。

たくさんの赤ん坊の小さな手が、自分の顔を掴(つか)んで後ろに引っ張っている。

瞼(まぶた)をつまみ、唇をつまみ、顔を固定する無数の小さな手。

振り向いた先には窓の向こうにいたはずのドロドロに崩れた赤ん坊の姿があった。

赤黒く腐った肉塊が黒い孔(あな)をパクパクとさせて何かを囁(ささや)く。

その孔から生暖かい息が吐き出された。酸い臭いが男の鼻を突き、男はそのままの姿勢で嘔吐(おうと)した。

「げぇぇぇえ!! うおえぇぇぇえええ!!」

吐瀉(としゃ)物に構わず、赤ん坊が口の中に侵入してくる。全身に鳥肌が立ち、腹筋が異常な収縮を繰り返し侵入者を拒絶する。

「うううぅぅうううんんん!! おおおぉぉおおおんん!!」

すべて口に入ったことを確認したかのように、無数の赤ん坊の手が口に当てられ、吐き出すことを許さない。

嫌だ嫌だ嫌だ嫌だ嫌だ嫌だ
嫌だ嫌だ嫌だ嫌だ嫌だ嫌だ
嫌だぁあああああああああ

ピリリリリリ

ピリリリリリ

ピリリリリリ

携帯の着信音が鳴り響き、それと同時に赤ん坊達の姿が消えた。

「うおぇえええええええええ!!」

榛原大吾は洗面所に駆け込んで赤黒い汚物を吐き出した。口内に残る残渣（ざんさ）は、生臭いような、鉄臭いような、酷（ひど）い異臭を放っていた。

ピリリリリリ

ピリリリリリ

ピリリリリリ

目をやるとソファに打ち捨てられた携帯が鳴り続けている。

覚束（おぼつか）ない足取りでフラフラと近づいて通話ボタンを押す。

「もしもし大吾くん？　そっちも赤ん坊の声が聞こえるんでしょ？　解決法が見つかったの。今夜プールに来て」

＊

閉館した夜のプールは水を打ったような静けさだった。不気味な気配にかなめは身震いする。

緑色の非常灯は不吉な気配を孕んでいて、かなめをますます不安な気持ちにさせた。

「榛原さんは来るでしょうか？」

不安を振り払おうと、濡れた傘を畳みながらかなめが尋ねる。

「反町ミサキが上手くやっていれば……な」

卜部は廊下の奥にある深い闇を睨みながら答えた。

冷たい秋の雨は、館内まで細かい水の粒子で満たし、耐水ペンキで分厚く塗りたくられた壁をヌメヌメと光らせている。

水滴が音もなく壁を伝う気配さえ感じられる。こういう時は得てして見たくもないものまで見えてしまう。

かなめは進むのを躊躇ったが、先を行く卜部に置いていかれまいと慌てて後を追った。

「さっき話した通りだ。お前は例のモノを回収してこい。そっちは安全だ」

顔も見ずに話す卜部の横顔をかなめは盗み見る。そこには青ざめて緊張する卜部の表情があった。

「先生は……？」

「先にプールですることがある。回収したら反町ミサキと合流してプールに来い」

かなめは頷(うなず)いて目的地に向かおうとした。しかしふと気になって立ち止まり卜部の方に振り返った。

「先生!!」

はっきりした声で卜部を呼ぶ。するとここに入ってから初めて、卜部はかなめの方を見た。

「なんだ？」

「先生なら大丈夫です！」

かなめは握り拳を二つ作って胸の前に構えて見せた。それを見た卜部はふっと笑い廊下の闇に向き直った。

そのとき一瞬だけ、卜部の表情から緊張の色が消えたのを、かなめは確かに目撃した。

「右肩に一体憑(つ)いてる」

背中越しに卜部はそう言うと闇の奥へと消えていった。

「もぉー!!　今の場面で普通そういうこと言います!?」

かなめは右肩を気にしながら闇に向かって叫んだが返事はなかった。

静けさの中にたった一人取り残され不安を感じながらも、かなめは目的地に向かった。

目的の更衣室に到着すると、かなめは一目散に奥のロッカーへと向かう。

「いいか？　まずはロッカーにある隠しカメラを回収しろ」

「か、隠しカメラ!?」

「そうだ。更衣室の怪異はプールの怪異とは異質だ。若い女の着替え時にしか現れない。今回の怪異はそんなモノに興味はないにも拘らずだ」

「じゃあ一体何なんですか？」

卜部は冷淡な嘲笑を目元に浮かべた。

「もうわかってるだろ？　ここでそんなモノに興味がある人物は一人だ」

「榛原大吾……」

「ご明察。黒い影は奴の邪念。生霊だ。その影がいる場所に奴のお宝は隠されてる」

卜部との会話を思い出しながらかなめは影が現れたロッカー周辺を調べた。すると壁の色が微妙に他とは異なる部分がある。

「これだ……」

そこには壁の穴にパテで埋め込まれた小さなカメラがあった。かなめは手袋をはめて、できる限りそのままの状態でそれをジッパー付きの袋に収めた。

かなめはニヤニヤを噛み殺しながら反町ミサキとの待ち合わせ場所に向かっていた。

「いいか？　絶対に更衣室で着替えるなよ？」

かなめは緑の非常灯に照らされた不気味な廊下で、卜部の声色を真似て口に出してみた。

そう言った卜部の真意を想像すると、不吉な気配の只中だというのにどうしても気持ちが浮ついてしまう。

もうすぐ待ち合わせ場所だ。そう思ってかなめはニヤニヤを落ち着かせ、廊下の角を曲がり待ち合わせのエントランスに入った。

その時だった。強烈な悪寒がかなめを襲った。

かなめは真正面に立つ、反町ミサキの恐怖に引きつった顔を見た。反町ミサキの視線はかなめの足下に向けられている。

先程までの浮かれた気持ちは一瞬で萎びてしまった。

今は息を殺してビクッビクッとまるで痙攣するように震える身体を無理やり押さえつけるので精一杯だ。

ひゅーひゅー

自分のか細い呼吸が聞こえる。

ゆっくりと視線だけを足下に落として……

かなめはもう一度ゆっくりと目を瞑る。

叫びたい。叫びたい。叫びたい。

しかしそれが命取りになることをかなめは知っていた。

彼らは怯えれば怯えた分だけ、必ずこちら側に踏み込んでくる。

はぁ……

かなめは無理矢理に叫び声を静かな息に変えて吐き出すと、ゆっくりと重たい足を前に踏み出した。

纏わり憑く赤ん坊達を引きずりながら。

「だ、大丈夫です。落ち着いてください」

かなめは反町ミサキに引きつった笑みを浮かべて言った。しかし彼女の顔は強張り、ゆっくりと口が開かれる。

「い、嫌あああああああああぁぁああああ」

そう大声で叫んで反町ミサキは走り出した。

「ま、待って!!　だめです!!」

かなめは必死で彼女を落ち着かせようとしたが遅かった。

かなめが見ると足下に赤ん坊達の姿は無く、反町ミサキの駆けて行った方に向かって、引きずったような粘液の跡が残るだけだった。

反町ミサキは半狂乱でプールへと向かって走っていた。

しかし突然何かに足を取られて勢いよく転んでしまった。

見るとそこには血に塗(まみ)れた赤ん坊達が縋(すが)り憑いていた。

「い。嫌ぁ……赦(ゆる)して……ごめんなさい……ごめんなさい……」

懇願するように泣きながらつぶやいても、赤ん坊達が止まることは無い。

「あぁ〜ん……あぁ〜ん……と」甘えたように泣きながら、おぞましい異形のモノが足を這(は)い上(あ)がってくるのが見えた。

それはまるで母の乳房を求めて哀願し泣きじゃくる赤ん坊の姿だった。しかし反町ミサキの目には異形の化け物にしか映らない。

「来るなぁあああああ!!」

ミサキは怒声を上げて異形を蹴り飛ばした。

それを合図に赤ん坊達は火が付いたように大声で泣き叫んでミサキによじ登(のぼ)ってくる。

ミサキは恐怖で目を瞑った。

ぐっちゃ……

不吉な打撃音が聞こえて目を開くと、そこには金属バットを持った榛原大吾の姿があった。

「だ、大吾くん」

「どうすればいい？」

「え？」

「どうすればいいって聞いてんだよぉおおお!!」

男はバットで地面を殴りながら喚き散らした。

「プ、プールでお祓いしてくれる人が待ってる……」

「ついて来い……」

男はミサキの手を掴んで立ち上がらせるとプールに向かって進んでいった。

プールに近づくにつれ館内を満たす湿度が高まっていくように思われた。

塩素の臭いに混じって独特の生臭さが鼻を突く。

二人は無言のまま進み、とうとうプールへと続く扉の前にたどり着いた。

男はハァハァと荒い息を吐き出しながらバットを構えると、開けろと冷たくつぶやく。

ミサキは内心恐ろしくてたまらなかったが、凶器を構えた男のことも同様に恐ろしかったため、しかたなく扉に手をかけてゆっくりと押し開けた。

重たい扉を開くとそこには異様な風景が広がっていた。

プールの外周にはいくつもの蠟燭が灯され水面に炎の揺らめきを映している。

その明かりに照らされて、水面に漂う物が見える。

目を凝らすと赤い紐で結ばれた桶が五つ浮かんでいるのだとわかった。

桶の中にはやはり蠟燭が立てられており、蠟燭の隣には白い陶器の小皿が置かれていた。白い皿の上にはそれぞれ異なった供物が載せられている。その内の二つは、古めかしい小刀と酒瓶が置かれているようだが、それ以外が一体何なのかミサキには見当もつかなかった。

呆気にとられてその様子に目を奪われていると声がした。

「来たか。反町ミサキ。俺の助手はどうした？」

そこには白装束に身を包み不気味な女鬼の面をつけた卜部が立っていた。

「か、彼女は……足にいっぱい化け物が……それで……」

「それであいつを置き去りに逃げた挙げ句、怪異に捕まり、その男がバットで赤ん坊の霊を叩き殺したわけか……」

卜部はミサキの言葉の続きを語り終えると、面の隙間から鋭い視線を二人に投げかけた。ここから見ていたと言わんばかりの鋭い眼光に、二人は息を吞んだ。卜部の持つ力の一端に触れた二人の本能がこの男は本物だと告げる。

卜部は丁寧な所作で二人を招き入れると、自身は何やら分からぬ文様で描かれた円の中に正座した。

「あんた達には二つの選択肢がある」

卜部は静かにそう告げた。

「えっ？」

反町ミサキが戸惑ったように漏らした。

二つ？

しかし卜部はお構いなしに話を続けた。

「一つは今ここに封じている水子の霊どもに償いをする選択だ。それを選ぶなら俺が媒をやってやる。無論、大きな代償を支払うことになるだろうが、なんとかあんた達が死なずに済むように尽力する」

「おいミサキ！　こいつ何言ってるんだ？　おっさん！　お前ここのスクールの会員だろ!?　ふざけたこと抜かしてんじゃ……」

「触れるな!!」

卜部は凄まじい声で叫んだ。榛原は心臓を掴まれたような錯覚を感じて伸ばした手を引っ込め押し黙った。

「俺に触れるなよ？　抑えている怪異共がプールから出てきてほしくなければな……」

そう言われて二人がプールを覗き込むと無数の白い粘土のような赤ん坊が水の中で漂っていた。彼らには赤黒い臍の緒が付いており、それが真っ暗なプールの水底に向かって伸びていた。

「二つ目の選択肢はおすすめしないが……こいつらの餌食になってこの幽世の門を閉じるための贄(にえ)になる選択だ」

「そんな!! 約束が違う!! 私は祓ってくれるって聞いてたのに!!」

反町ミサキは半狂乱で叫んだ。しかし卜部はそれに静かに応える。

「あんた、俺に言ってないことがあるだろ?」

ぎくっと胸の奥が痛んだ。鼓動が早くなるのを感じる。

「な、何の話ですか……」

「プール以前からあんたは霊障に悩まされてたはずだ」

「……」

「七人……違うか?」

卜部は黙って反町ミサキの背後を睨(にら)んで言った。

「どうしてそれを……」

ミサキは目を丸くする。

「あんたの後ろにいるからだ」

抑揚の無い卜部の声がプールに木霊した。

「嘘(うそ)よ……わかりっこない」

入り交じる感情にわなわなと震えながら、反町ミサキは言葉を絞り出した。しかし卜部はそんなことにはまったく関心が無いといった様子でミサキに視線を移す。

「どれだけ口先で否定しても意味は無い。この状況は変わらない。あんたが堕ろした七人の赤ん坊は、名前を口にすることも憚るような化け物を呼び出すためのきっかけを作った。そいつは赤ん坊の犠牲を求めて彷徨う醜悪な化け物だ。太古の昔から存在する。俺にも祓えない」

「そんな……」

「あんたの邪心が邪神を引き寄せた。おそらくあんたがこのプールで働くようになったのも偶然じゃない。邪神があんたをこのプールに導いたんだろう」

「じゃあ全部この女のせいじゃねぇか!!　こいつが犠牲にでもなんでもなればいいだろう!?　俺は関係ない!!」

榛原大吾はミサキを指さして卜部に怒鳴った。しかしそれを聞いた卜部はくくと小さく肩を震わせ、面の下で薄笑いを浮かべた。

「な、何が可笑しいんだよ!?」

「あんた、なんでこのプールが邪神に選ばれたのか分からないのか……？」

男は固まった。このとき男は初めて自分の行いを後悔した。

「身に覚えがあるだろ？　あんた何人堕胎させた？　どうやって堕胎させた？」

少し間を空けて卜部は無機質な冷たい声で最後の質問を投げかけた。

「どこで堕胎させた？」

「!!」

男は表情を強張らせて無言で卜部を睨みつけた。

「このプールの裏手にある総合病院、あんたの親族が経営してるらしいな。そのうえそいつは産婦人科ときた……あんたが贔屓にしてる産婦人科だ」

「そして最悪なことにあの病院からは、このプールに向かって真っ直ぐ霊道が延びている……」

「もう分かるだろ？　あの病院で堕胎した全ての胎児の霊がこのプールに貯蔵されている……」

「縁を結んだのはあんたの卑劣極まる薄汚れた心だ。だから邪神はこのプールを選んだ……」

「償って門を閉じるか、生贄になって門を閉じるか。選べ……!!」

何もしていないはずの水面がゆらゆらと揺れた。蠟燭の弱々しい明かりの中で、まるで墨汁のように黒々と光る水面。その下には本物の暗闇がある。黄泉を渡り地獄に続く暗闇。その闇の中で醜悪極まる邪神がニタニタと薄笑いを浮かべながら自分の指を骨までしゃぶって成り行きを窺っていた。

「どうすればいいんですか……」

反町ミサキは観念したように小さな声でそう呟いた。

「おい!!　俺はそんなの認めてないぞ!!」

榛原大吾が喚き散らしたがミサキは冷めた表情で男を見据えて言うのだった。

「黙って……もう逃げられないんだよ……私も大吾くんもおしまいだよ」

「な……俺を脅すつもりか!?」

「そんな話してない……いっつもそうだよね。脅すとか……話はつけたとか……被害者とか加害者とか。自分のことしか頭にないわけ？」

「は……？　俺は加害者じゃねぇよ。全部同意の上でやってる!!」

「ほら。また自分は加害者じゃないって。自分自分自分……俺俺俺……!!　気持ち悪ぃんだよ!!」

「ぐっ……お、俺……は……」

男は黙りこんで俯いた。それを見届けると卜部は静かに口を開いた。

「あんた達にはプールに潜ってもらう。そして水底に繋がっている赤ん坊達の臍の緒を切るんだ」

卜部はそう言うと懐から何かを取り出しそっと差し出した。二人が覗き込むとそれは黄ばんだ半紙に包まれた赤錆だらけの鋏だった。

「それだけ……？」

反町ミサキは鋏と卜部を交互に見比べて漏らした。顔にはうっすらと笑みが見える。

「ああ。することはそれだけだ……」

男と女は顔を見合わせて表情を明るくした。

「なんだ！　簡単じゃん！　もぉ！　霊媒師さんがもったいぶるからマジになっちゃいましたよ！」

男はいつもの好青年の顔に戻ってケタケタと笑っている。

ミサキもそれにつられて頬を吊り上げた。

「ただし赤ん坊達が何をしてきても決して拒まず受け入れること」

「キャキャキャキャキャキャキャキャキャキャ……!!」

暗いプールに卜部の声が響くと同時に、無数の赤ん坊の笑い声が響き渡った。

キャッキャッと響く甲高い赤ん坊の笑い声はいつしかゲラゲラと嗤う邪悪なものに変わっていた。

ゲラゲラゲラゲラゲラゲラゲラゲラゲラ
「何でも受け入れるなんて……」

ゲラゲラゲラゲラゲラゲラゲラゲラゲラ
「む……無理だ……そんなの……」

ゲラゲラゲラゲラゲラゲラゲラゲラゲラ

「だから俺が媒をすると言ったろ」

ゲラゲラゲラゲラゲラゲラゲラゲラ

「ふ、ふざけるな!! 自分だけ安全な所で何が媒だ!!」

ゲラゲラゲラゲラゲラゲラゲラゲラ

男が叫んだその時だった。

「先生!!」

プールの扉を勢いよく開けてかなめが入ってきた。

「無事にカメラは回収しました!!」

「亀!! 逃げろ!!」

卜部が叫ぶのと同時に榛原大吾はかなめを背後から羽交い締めにしてニヤリと微笑んだ。

「何が臍の緒を切るだけだ! まさかカメラまで回収してるとはな!」

「亀。じっとしてろ」

「黙れ!! 主導権は俺のものだ!!」

榛原はバットの先をかなめの頬に押し当てて叫んだ。

「カメラを渡せ!!」

男はかなめに叫んだ。かなめは卜部に目をやり、卜部がコクリと頷いたのを確認すると、カバンからビニール袋を取り出して男に渡した。

男は乱暴にそれを受け取ると勝ち誇ったように卜部を見て微笑する。

「俺を揺する気だったのか？」

ビニール袋をぷらぷらと揺らして男は言う。

「いや。穢(けがれ)を濯(すす)いでおかないと償いが酷(ひど)いものになる。だから回収した」

「嘘だ!!　金に薄汚いペテン師め!!」

男はそう叫ぶとかなめの背中をバットの先で押してプールの際に連れて行った。

「臍の緒はこいつに切らせる……!!」

男は満面の笑みで卜部を見つめた。

「大吾くん……!!」

反町ミサキが叫んだ。

「黙れ!!　こいつなら大丈夫だ!!　なんたってすげぇ霊媒師様が付いてんだからな!!　鋏持って来い!!」

「でも……」

「早く持って来いよぉおおお!!」

「…………」

怯(おび)えたミサキが鋏を持って行こうとした時だった。

卜部が地面に書いた文様の中から出て鋏を手に取った。

「待て」

「俺が行く」

「先生っ!!」

叫ぶかなめを卜部は無言で制してプールサイドに歩いていった。

「そうだ!!　それでいい……!!」

男は満足気に笑みを浮かべながらも、抜け目なく卜部の一挙一動に目を光らせていた。

卜部は暗い水面を見つめるとそっと水面に手を触れた。真っ黒い波紋が卜部の触れた点を中心にプール全体に広がっていく。

するとまるでおびき寄せられるように卜部の下に凹凸の無い粘土のような赤ん坊達が集まってきた。

彼らは小さな手のひらを水面から突き出して、その手を開いたり閉じたりしていた。それに合わせてパシャ……ピシャ……と頼りない水音がプールに木霊する。

反町ミサキと榛原大吾はその様子を見てひっ……と小さく悲鳴をあげた。

しかしかなめはそれを見てなぜだか酷く胸が痛んだ。それは獲物を捕まえるというよりは、まるで縋(すが)り付くような悲しさを孕(はら)む動きだったからだ。

一同が異様な光景に目を奪われていると卜部がおもむろに口を開いた。

「一つだけ残念な報告がある」

卜部は榛原大吾の顔を真っ直ぐに見つめた。

「お前はもう助からない」

卜部はそう言うと同時に小さな瓶の蓋を開け、中から白濁する液体をどろりとプールに垂らした。

それが水面に触れると同時に無数に生えていた赤ん坊の手が消えた。

そして気がつくと榛原大吾の身体に無数の赤ん坊が纏わりついていた。

「うわあああっぁあああああああああああああああ」

男は必死で身体に纏わりつく赤ん坊を引き剝がした。

赤ん坊は腕を引けば腕がもげ、頭を摑めば首がもげ、身体を摑めば皮膚が剝がれた。

しかしもげても、剝がれても、潰しても、見る見るうちに新しい赤ん坊が湧き出しては榛原大吾に纏わりついていく。

「やめろ!! あっち行け!! 触るなあああああああ!!」

男は地面をのた打ち回って赤ん坊を引き剝がそうとしたが、それでも赤ん坊は離れなかった。

かなめは気がついた。彼らが一様に榛原大吾の口を目指していることに。

身体に纏わりつき、口に手をかけ、なんとか中に入り込もうと赤ん坊達は藻掻いていた。

男もそれに気がついたようで、防ごうとして必死に口を閉じたが、小さな無数の手は指が千切れるのもお構いなしに、男の口をこじ開けようと群がり迫る。

両手両足に粘土の塊のようになった赤ん坊がしがみつき、体力が尽きた男はとうとう身動きが取れなくなった。

赤ん坊達は無慈悲に男の口を開いては、一人、また一人と男の口内へと侵入していく。

「んごぇええ!!　ぬゔぅううううう!!　おえ゙ぇえええええ!!」

男の激しい嗚咽(おえつ)と腹筋の収縮による反り返りが収まるとプールが静寂に包まれた。

榛原大吾は床に横たわったまま吐瀉(としゃ)物と自らの糞尿(ふんにょう)にまみれて痙攣(けいれん)していた。

無数の赤ん坊を身に宿して。

反町ミサキは床に横たわる男を見て震えた。奥歯ががちがちと音を立て膝が嗤(わら)う。先程まで邪悪な笑みを浮かべていた男が今は足下に転がっている。男の目は見開かれたまま不自然な方向を見つめている。口元にうっすらと笑みを浮かべながら、自らの汚物にまみれて男は小刻みに震えていた。

汚物の臭いが鼻をついた。その瞬間、忘れていた嫌悪感が食道をせり上がって戻ってきた。

「んおぇ……」

ミサキは顔を背けて壁際に走り嘔吐(おうと)した。震えは止まらない。次は、自分の、番なのだ……

「アンタハドウスルンダ？」

卜部の抑揚のない声が背後から聞こえた。もしかしたら普通に言われたのかもしれない。私の感覚がおかしくなってるんだ。それであんな風に聞こえたんだな。そういえば家を出る時にガスは止めただろうか？　鍵をかけた記憶もない。ミサキの脳内では、迫りくる《非現実》から逃げるようにして、取り留めもないことが浮かんでは消えていく。

「あんたはどうするんだ？」

ミサキはハッとして現実のプールに戻ってきた。声のする方を見ると卜部とかなめが自分を見つめているのが見えた。

「私は……」

ふと指先に違和感を覚えて目をやると、腰に抱きついた小さな赤ん坊がミサキの指先を握っていた。

それを見た瞬間に何処(どこ)かに置き忘れてきたはずの感情がツンと鼻の奥に蘇(よみがえ)った。

また身体が震える。声にならない音が口からこぼれ、涙と鼻水がそれに連なる。

反町ミサキは自身の指を摑む小さな手にそっと触れて泣き崩れた。

「ごべんね……ごべんね……自分のことばっがりで……本当にごべんなさい……」

ミサキは卜部とかなめを見て言った。

「どうずればいいですか……？」

「さっき言ったとおりだ。俺が媒（なかだち）する。あんたは赤ん坊達の要求を受け入れて臍（へそ）の緒（お）を切る。それしかない」

反町ミサキは小さく頷くと用意してきます……と事務室に駆けていった。

するとかなめが静かに口を開いた。

「先生……」

「なんだ？」

「わたしもミサキさんを手伝います。わたしに出来ることはありませんか……？」

「……」

卜部は押し黙ったまま何も言わなかった。

「先生!!」

かなめはもう一度卜部を呼んだ。

「それは同情で言ってるのか？　反町ミサキが可哀想（かわいそう）だからか？　それならやめておけ。あの女にも然（しか）るべき原因がある。お前が被（かぶ）ってやる必要は何もない」

「じゃあ……先生はどうしてこんな仕事を……？」

かなめは思い切って尋ねてみた。卜部の心の奥深く、まだ自分が触れることの許されていない真っ暗な闇の一端に触れる言葉。

「……俺の個人的な衝動ゆえ、だ……」

「なら、わたしも同じです！　個人的な衝動です！　同じ女として放っておけません！」

重たい沈黙が立ち込める。ト部の鋭い眼光がかなめの目を捉える。怯みそうになるがかなめも真っ直ぐにその眼を見つめ返した。

やがてト部は大きなため息をついて言った。

「いいだろう……」

「反町ミサキが赤ん坊を引き付けている間にお前が臍の緒を切れ」

「はいっ!!」

かなめはそれを聞くと顔を明るくして服を脱ぎ始めた。

「お、おいっ!?　何してる!?」

慌ててト部は顔を背けた。

「大丈夫です！　こういうこともあろうかと中に水着を着てきました!!」

かなめは群青色のシュシュを口に咥え、髪を束ねると慣れた手付きで髪をまとめた。ト部はそれを黙って見ていた。

「万亀山さん……？　どうしたの……？」

水着に着替えて戻ってきた反町ミサキが驚いた様子で言った。状況がのみ込めないといったところだろうか。

「わたしも手伝います。わたしが臍の緒を切るので、ミサキさんは赤ちゃん達をお願いします」

かなめが卜部を見ると、卜部は床に描かれた文様の中心に正座して四本の蠟燭(ろうそく)に火を灯(とも)していた。

「今から俺が赤ん坊の霊をできる限り抑えるがあまり効果は期待するな。それよりも危険なのは水底に潜んでいる化け物の方だ……」

「ば、化け物ですか⁉」

かなめは思わず叫んだ。

「そうだ。それを抑えるのにほとんど全ての力を使うことになる。かなめ、自分の身は自分で守れ。いいな？」

突然肌が粟立(あわだ)つのを感じた。目をやった真っ黒な水面からは生臭い臭いが立ち上っていた。

「待て」

プールに向かう二人を呼び止めると卜部は小さなラジカセを取り出した。革のバッグからカセットを取り出して慎重にラジカセにセットするとスイッチを入れた。

ガチャリと音がしてテープが回り始める。

静寂に包まれたプールではテープの回るジーという音がいやに大きく聞こえた。

った。

「ラジオ体操第一ぃいいいいい!!!!」

かなめが尋ねた瞬間、小さなラジカセから大音量で聞き慣れたメロディーと声が響き渡った。

巨大な音に驚いたかなめとミサキはビクッと震えて呆気に取られている。

「何をぼうっと突っ立ってる!! 水に入る前に体操しろ!!」

「腕を前から上げて のびのびと背伸びの運動から」

ラジカセからは空気を読まない明るい声が聞こえる。

卜部の剣幕と本気で繰り広げられるラジオ体操の気迫に押されて、二人は体操に参加した。はじめは面食らったかなめだったが、体操しているうちに昔卜部が言ったことを思い出してきた。

「ミサキさん! 本気でやってください! これはおまじないみたいなものです!」

「お、おまじない!?」

「そうです! 何十年も繰り返されているおまじないです! 何十年もの長い期間、たくさんの人達に繰り返されるうちに水難に対抗する力を宿してるんです!!」

「そ、そんなことって……」

「信じて!! 信じなきゃただの体操です!! 本気で!! 死ぬ気でやってください!!」

「なんですかこれ?」

　反町ミサキはここまでの間に起こった異常な出来事の数々を思い出し、卜部とかなめを信じることにした。そして本気で体操した。

　真夜中のプールで、大の大人三人が本気で体操する光景には異様な迫力があった。これこそが呪いの持つ力の源泉なのかもしれない。

　そんなことをぼんやり考えていると音楽と声が止み、プールにはもとの静寂が戻ってきた。

「よし。これで水が放つ瘴気には多少耐性がついたはずだ。効力のあるうちに行け」

　卜部に促されて二人は水際に立った。

　恐る恐る片足を浸ける。ぬるりとした水の感触が足先から伝わってくる。生温く纏わりつく不快な感触がしたが、先ほど感じた腐敗したような生臭さは感じなかった。

　とうとうかなめとミサキは真っ黒なプールにその身を浸した。

　背中に卜部がする読経の気配を感じながら、かなめと反町ミサキはプールの真ん中の方へと泳いでいった。なぜかそうしなければならない気がしたのだ。卜部の敷いた陣が水面に揺れている。かなめは陣の核心たる桶から伸びた、赤い紐をくぐり抜けようと水中に顔を沈めた。

　とぷん……

　もったりと重たく纏わりつく水は、かなめに羊水を連想させた。底なしの闇を足下に感じると途端に恐怖が心の中を支配する。かなめはパニックに陥るまいとすぐに水面から顔を出した。

かなめは赤い紐の向こう側にいる反町ミサキに目で合図を送った。それに応えるようにミサキは頷いたが、その顔には恐怖が張り付いている。

赤い紐はまるで結界のように二人の間に横たわっていた。

そう。この紐は結界なのだ。そして安全なのは結界の外側だ。結界とは邪悪が外に溢れぬように張るものなのだから……

ミサキは恐る恐る水中に顔を沈めた。すると目の前に大きく眼を見開いた赤ん坊がいた。水中であることも忘れて叫び声を上げた。陸よりも自由に動けるはずの水中が、今は自由を奪う鎖のように纏わりついて離れない。

無我夢中で赤い紐をくぐってかなめが待つ場所に泳いだ。そのとき水を蹴る後ろ足が赤い紐に触れて結界が撓んだ。

「ひぃいいいっ!!」

水面に顔を出して大慌てで息を吸う。過呼吸になりそうなのを堪えて大きく息を吐き出しながら前方のかなめに目をやると、かなめはミサキの背後を見つめて硬直していた。その表情からは血の気が失せて絶望の色が色濃く窺える。

強烈な悪寒が背中から骨にまで響いてくる。本当は怖くて振り向きたくなかった。それなのに身体は意思とは裏腹に恐怖の元凶に向かって舵を切っていた。

体ごと振り向くと、まず目に飛び込んできたのは紐が撓んだ拍子に転覆した桶と供物の小刀だった。小刀はキラキラと光を反射しながら闇の底に沈んでいく。

そしてその先に視線を移すと、奇妙な姿勢を保った黒い人影が水面に立っていた。

左手を右の頬に添え、右手は左の太ももに絡ませるようにして立つ人影は、痩せこけて真っ黒に煤けておりピクリとも動かない。

「オン　アミリタ　テイ　ゼイ　カラ　ウン」

卜部の叫び声がプールに木霊した。

卜部は文様の陣から立ち上がって両手で印を結びその手を痩せ焦げた人影に向けた。それに呼応するようにカッと化け物の眼が見開かれた。白眼が真っ黒な顔面にギョロリと浮かび上がって見える。

卜部の真言が黒いヒトガタを縛ったのか、身動きが取れないといった様子でヒトガタは身を捩って縛りをふりほどき始めた。その口元は愉快そうに嗤っている。

「かなめ!!　鋏を桶に供えろ!!　急げ!!」

かなめは卜部の叫び声で意識を取り戻すと慌てて桶に向かって泳ぎだした。しかし無数の赤ん坊が浮かぶプールを進むのに手こずってなかなか前に進むことが出来ない。

「反町ミサキ!!　あんたは水に潜って赤ん坊たちに償いをしろ!!」

「どうやって!?」

「知らん!!　赤ん坊に聞け!!」

卜部は叫ぶと数珠を取り出して手に握った。しかしその瞬間に数珠紐が切れて数珠はあたりに散らばった。

「くそっ……!!」

卜部は座禅を組むと左手人差し指と親指で輪をつくり腹の前に構えた。そして右手の人差し指と中指を化け物の方に向ける。まるで見えない刃の切っ先を突きつけるように。

「早くしろ!!　長くは持たない!!」

反町ミサキは意を決して水中に沈んだ。待ち構えていたように粘土のような赤ん坊達が何体も何体も纏わりついてくる。

赤ん坊達は小さな口を目一杯開いて、歯のない口でミサキの身体を齧り始めた。

指先、肩、肘、膝、肌の露出した部分に齧り付く赤ん坊達。歯の無い口とは思えないような力で、ミサキの皮膚は食い破られて赤い血がプールに滲んでいく。

「ごめんなさい……ごめんなさい……」

痛みに耐えながら心のなかでそう呟いた。しかし赤ん坊達の噛みつきは止まる気配がなかった。

「具足大悲心　皆已成仏道」

「輪廻六趣中　備受諸苦毒　受胎之微形　世世常増長」

遠く水の向こうから卜部の声が聞こえて来た。すると赤ん坊達の力が少しずつ緩むのを感じる。

目を開けると先程目があった赤ん坊がまたしても目の前に浮かんでいた。

「あなた……私の……？」

心のなかでミサキは語りかけた。すると赤ん坊は一度だけゆっくりと瞬きして、ミサキの鼻に齧り付いた。

ミサキは痛みに顔を歪(ゆが)めたが赤ん坊が鼻を噛み切るのを受け入れた。

すると突然赤ん坊がミサキから引き剝がされていく。見るとあの黒い痩せ焦げた化け物が赤ん坊を摑(つか)んで口に運ぼうとしている只中(ただなか)だった。

「やめて!!」

ミサキはなぜか夢中で赤ん坊を摑んで化け物から取り返そうとした。赤ん坊は大声で泣き叫んでいる。

「オン　マイタレイヤ　ソワカ」

卜部がまたしても真言を叫んだ。すると化け物は身じろぎして動きが止まった。ミサキはその隙に赤ん坊を抱くと全速力でプールサイドに向かって泳ぎ始めた。無数にいた赤ん坊達は、いつのまにか姿を消していた。

待ちわびたご馳走を取り上げられた化け物の表情からは先程の薄笑いが消えていた。代わりに恐ろしい怒りの形相を浮かべて卜部を睨みつけている。

卜部はそれでも怯まずに印を結んで化け物を縛り付けたが、身体からは血が滲み出て、白装束がところどころ真っ赤に染まり始める。

「かなめ!!　早くしろ!!　もう限界だ……!!」

行く手を阻んでいた赤ん坊が消えてかなめは桶に向かって真っ直ぐ泳いだ。あと数センチで桶に手が届くところで、ぐっと後方に引き戻された。

振り向くと焼け焦げた化け物の黒い手が足首を掴んでいる。

「放して!!」

かなめはあらん限りの力で化け物の手を何度も蹴りつけた。しかし化け物の手はびくともしない。

化け物は邪悪な笑みを浮かべてもう片方の足も掴もうと手を伸ばした。化け物の手がかなめの右足に触れた時だった。

バチン……

右足に巻いた卜部のミサンガが音を立てて切れた。それに呼応するように化け物の指が弾け飛んだ。

化け物は予期せぬ痛みに耐えかねて叫び声を上げる。かなめはすかさず桶を戻してそこに鋏を供えた。

「ぁあぁぁあぁぁぁぁあああああ」

化け物の断末魔が響き渡った。

すると水面にあった化け物の姿が一瞬で消えた。

見ると水面を境界にして化け物の姿が反転している。

水面に足をつけて逆立ちする形で、化け物は水中に立っていた。

化け物は水の中からかなめと卜部を恨めしそうに睨みつけると、ガチガチと歯を震わせながら暗い水底に沈んでいった。

かなめは黒い顔に浮かぶ陶器のような白目とその真ん中に座す漆黒の瞳を見た。その瞳の深い闇に身震いした。

どうやらしばらく忘れることはできそうにない。

結界の陣を崩さぬようにそっと紐をくぐって水から上がると、血まみれの卜部と、無惨に鼻を食いちぎられたミサキが座り込んでいた。

「先生!!　ミサキさん!!」

「大丈夫だ。もう終わる」

卜部はミサキのほうを顎で指して言った。

見るとミサキに抱かれた赤ん坊の霊がミサキの口からミサキの体内に入っていくところ

だった。いや。おそらく胎内に……

ミサキはそれを黙って受け入れた。

卜部はそれを見届けると鞄から携帯を取り出してどこかに電話をかけた。

「ああ。俺だ。悪いがすぐに来てくれ。ああ。あんた以外の人間が来ると事態がややこしくなる。場所は……ああ。よろしく頼む」

深夜のプールに覆面パトカーに乗った一人の男が到着した。歳は五十を過ぎたくらいだろうか。

男は車を停めると目を細め暗闇に屹立する建物を見てため息をつく。まるで灰色の棺のようだ。

卜部の言う通り正面玄関の鍵は開いているようだった。

持ってきた懐中電灯で館内図を照らし経路を確認すると、男はまっすぐプールへと歩みを進める。

重たい扉を開くとそこには血まみれの卜部と助手のかなめ、鼻の無い女、汚物まみれで横たわる男の姿があった。

「まったく最低な現場だな……」

男は禿げ上がった頭頂部をぽりぽりと掻きながらもう一方の手を腰に当てた。

「同感だ。助かったよ。張さん」

「何が同感だよ！　まったくややこしい案件ばかり押し付けやがって！」

卜部を恨めしそうに睨んで男は叫んだ。男の名は泉谷張といった。若い頃は鬼の張さんの異名で恐れられていたらしい。今では温厚な一課の名物刑事である。

「それはお互い様だ。言いっこ無しだぜ」

卜部は初老の刑事に向かってニヤリと笑ってみせた。泉谷は手のひらで目を覆ってため息をつく。

「で？　そこに倒れてるのがホシってわけかい？」

「ああ。そいつが婦女暴行に盗撮やら恐喝をやってた。それを問い詰めたらトチ狂ってこちらの女性の鼻を嚙みちぎった。錯乱したのか泡を吹いて倒れてそのざまだ」

泉谷は目を細めて反町ミサキを見つめた。ミサキはとっさに目をそらす。

「はぁ……そういうことだな」

「ああ。そういうことだ」

「事情聴取するから、全員署まで来てもらうよ。ああ……この状態じゃ無理か……まずは救急車だな……」

「俺と亀は大丈夫だ。そっちの二人を頼む。亀、証拠のカメラを張さんに」

「亀じゃありません。かなめです！」

そう言ってかなめは刑事にカメラを渡した。汚れたビニールに入ったカメラを泉谷は顔をしかめて受け取った。

「じゃあ、あんたら二人は聴取の日程が決まったらこっちから連絡するからな」

「面倒だから無しにしてくれてもいいんだぜ」

「バカ野郎！　さっさと行きやがれ！」

卜部はくくと笑うとかなめに目配せしてプールを後にした。かなめは振り返ってミサキと泉谷にぺこりと頭を下げると、小走りで卜部の後を追って暗い廊下の闇へと消えていった。

ピピピピピ……ピピピピピ

泉谷の携帯が鳴った。

「もしもし。なんだ？」

「言い忘れてたが、プールに張った結界は朝まで解かないほうがいい」

「なんだと!?　おい!!」

「ツーツーツー……」

手に持った赤い紐(ひも)を見つめて刑事はため息をついた。ちょうどその時、救急車のサイレンが聞こえてきたので、男は頭を振ってその場を後にした。

「おぎゃあ……」

どこかで赤ん坊の泣く声が聞こえた気がした。

ケース2 泉谷張の報告書

被疑者の男性に聴取を行なった際の記録

「不特定多数の女性に対して盗撮行為を行なったことに関して弁明はありますか？」

「…………」

被疑者無言

「答えないということは認めるんですね？」

「…………」

被疑者無言

「中絶を強要し、従わなければ盗撮映像をばらまくと脅迫したことは事実ですか？」

「あ、あ、赤ん坊がくるぅぅぅあぁぁぁあ‼‼」

被疑者錯乱により聴取は中断。日を改めて聴取を再開するも「妊娠」「中絶」「性交」「赤ん坊」など特定の言葉（あるいはそれらを連想させる言葉）に反応し、度々錯乱状態をきたすため、聴取を断念。

勾留期間の様子

「助けて‼　今すぐ出して‼」

「静かにしなさい。ここから出ることはできません」

「馬鹿野郎がぁああ⁉　赤ん坊を出せ‼」

「赤ん坊などどこにもいません」

被疑者はここで衣服を脱ぎ上半身を露出する。

「いるんだよおぉおおお‼　俺の腹の中にいるぅう‼」

「??」

「こいつを摘出してくれぇ……今すぐ手術しないと……」

被疑者は下腹部を掻き毟り始める。出血が認められたため、止む無く拘束衣を着せ拘束することにする。

その後も一晩中激しく錯乱状態が継続した。精神鑑定の実施を要する。

精神科医による精神鑑定の様子

「幻覚や幻聴がありますか?」

「そんなもんねぇ‼　お前じゃ話にならねぇ‼　叔父さんを連れてこい‼　すぐに帝王切開しないと間に合わなくなる‼」

「何が間に合わなくなるのですか?」

「馬鹿かテメエは⁉　この腹を見ろ⁉」

被疑者は腹部を露出し指差す。

「ストレスでガスが溜まり膨張していますね」

「はぁあぁあ⁉　赤ん坊に決まってるだろ⁉　ガスが溜まってこんなに膨らむワケねえだろ⁉　カスが‼」

「エックス線写真にもエコーにも何も写っていません」

「早く手術してくれよぉ……お願いします……お願いします……」

被疑者はこの後泣き喚いて錯乱状態に陥る。

医師の診断により被疑者の精神に著しい異常が認められたため、裁判は不起訴となり閉鎖病棟への入院が決定する。

かなめの事件ファイル

【事件の概要】

水泳インストラクターの依頼人が、教え子から「プールに海坊主がいる」と言われた日をきっかけに奇妙な物音や気配に悩まされるようになり、当心霊解決センターに依頼を持ち込む。

実際のところプールの怪現象の元凶は海坊主ではなく、プールに蓄積された大量の水子霊達によるものであった。

貯蓄(プール)できる水子霊が限界に達し、地獄？と現世の境界があいまいになったことでプールに邪神が現れるも、先生の結界と、水子霊供養の完了によって邪神の現世への進出を阻止する。

【事件の背景】

榛原大吾によって繰り返された妊娠と中絶によって、プールは著しく陰化していた。

※先生いわく水の力の本質は溶解と保持。プールという場の性質上、たとえ水を入れ替えたとしても空間そのものが水の性質を帯びているという。

プールには強烈な陰のエネルギーが溶けこみ、さらには水子霊を保持されていたとのこと。

不幸なことに、依頼人は過去に七度の中絶を経験しており、それが邪神を呼び出す儀式の引き金となった。

※先生曰く七度の中絶は偶然ではなく、依頼人の心の闇に付け込んで邪神が誘導しているという。邪神は依頼人に目を付け、大量の水子霊を食べる機会を窺っていたとのこと。

【術式と祓い】

・五行による封印

プールに浮かべていたのは木火土金水に対応する相当強力な呪物らしい。出どころは不明。

これによって邪神が現世に完全に顕現することを防いだ。

※先生曰く、完全に現世に顕現していれば周辺一帯が血の海になる……とのこと。恐ろしい……

・性を用いた契（ちぎり）

今回のケースでは男性には霊障が起きにくいという。それは水子霊が陰の性質に強く反応することに由来するらしい。

男性は陽の気を持ち女性は陰の気を持つとされている。それ故に陰の気どうしが引き合うことで女性（依頼人）にだけ霊障が起こり男性（榛原大吾）には霊障が無かった。

先生は霊的現場であるプールでの性交を依頼人に指示。

性交によって依頼人と榛原大吾の霊的境界線を曖昧にし、霊障を榛原大吾にも波及させた。

※先生曰く、聖書には妻と夫は結び合わさって一体となると書いてある……とかなんとか言っていたが難しくてよく分からなかった……

・精液を用いた呪術

先生がプールに垂らしたものは依頼人経由で入手した榛原大吾の精液。

精液は男性が持つ陰の極みとのこと。

それを陰化しきったプールに垂らすことで水子霊と榛原大吾に、強制的な繋がりを作った。

【備考】
1、邪神の名前は教えて貰えなかった。
2、依頼人は水子霊に鼻を食いちぎられてしまったが、それを受け入れることで水子霊への償いを完了する。
3、依頼人はその後妊娠が発覚。経過は順調とのこと。

幕前

洋食屋トミダで大人のお子様ランチを食べる二人の姿があった。邪祓師（じゃばらし）の卜部（うらべ）と助手のかなめの二人である。

かなめが備え付けられたテレビにふと目をやると、ちょうど霊能者の特集が始まるところだった。

「それでは出てきていただきましょう！　最強霊能者！　水鏡竜司（みかがみりゅうじ）先生です‼」

拍手と歓声に包まれて、白いスーツに紫のシャツを着た金髪の男が画面に現れた。長い前髪を非対称（アシンメトリー）に流したいかにもキザな風貌に似合わず、男の頬と腹にはふっくらと肉が付いていた。

男は意気揚々とスタジオに集まった芸能人相手に話し始めた。

「いいですか皆さん？　人の心の中には湖があります。その湖が荒れればたちまち運気も霊気も低下します」

「私の中にある湖はまるで鏡のように凪（な）いでいます。どのような時でも心の湖がこのような状態であるように心がけていれば、祓（はら）えない悪霊などありません！　運気も上昇します！　そもそも悪霊に憑かれることがなくなるんです！」

　うんうんと出演者たちは神妙な面持ちで話を聞いていた。それを確認して男は再び話し始める。

「さらに私の場合、その湖の中に一匹の竜神様が住んでくださっています。その竜神様の力をお借りすれば、心の湖が荒れ果てた方の浄化も可能なんです!!」

　男がそこまで話すと司会者が大げさな相槌を打ち、会場にどっと拍手が沸き起こった。

「なかなか良いこと言いますねー。明鏡止水ってやつですか。ねえ先生！」

　かなめはそう言って卜部の方を見た。すると卜部は苦虫を噛み潰したような顔でオムライスを食べながら、画面の中の水鏡竜司を睨みつけていた。

「鈴木の奴……調子のいいことをペラペラと……」

「えっ!?」

「こいつの本名だ。鈴木達也。昔仕事の依頼を受けた」

　卜部はそう言うと店長に言ってチャンネルを変えてしまった。

　かなめがもう一度画面を見ると、そこには旅番組が映し出されていた。

ケース３　旅館

薄汚れた雑居ビルの前に白のハイラックスが停(と)まった。車の持ち主は助手席に女を残して雑居ビルに入っていく。

男は真っ白なスーツにヌラヌラと光沢を放つ紫のシャツを着て、白い鰐皮(わにがわ)の靴を履いていた。左右非対称に流した前髪を二本の指でいじりながら、反射する物体の前では必ずそれを覗(のぞ)き込む。

あくまで本人はさり気なく覗いているつもりのようだ。

男は五階まで上ると「心霊解決センター」と書かれた扉の前で軽く咳払(せきばら)いをしてドアノブに手をかけた。

「失礼します！　腹痛(はらいた)先生！」

男が扉を開けて中に入った瞬間に事件は起こった。

「ぐへぇ……」

まるで潰されたカエルのような声が部屋に響く。

「せ、先生!!　何やってるんですか!!」

かなめは慌てて卜部のもとに駆け寄った。

卜部はスーツの男の喉元に右手を食い込ませて壁に磔にしたまま、器用に足で扉を閉じた。

「黙ってろ。亀」

卜部はちらりとかなめを見てそう言った。

かなめが改めて男を見るとそれはテレビに出ていた霊能者の水鏡竜司、その人だった。

「ゲホゲホ……腹痛センセ……くるし……」

「何が腹痛先生だ。お前、反町ミサキにうちを紹介したな？」

「ゲホゲホ……だって。あんなヤバいのウチでは対処できない……イタタタ」

卜部は首を絞めていない方の手で水鏡の頬をつねりながら睨みつける。

「先生……理由はどうあれ、とりあえず放してあげたら……どうでしょうか……？」

凄惨な現場にいたたまれなくなったかなめが、顔を歪めながら進言した。

水鏡はかなめの方を見てウインクしながらコクコクと頷いた。

それに気づいた卜部はさらにつねる手に力を込める。

「アタタタタタ……痛い!!　先生!!　ちぎれちゃう!!　マジのやつです!!」

卜部はため息を吐いて男を解放した。水鏡は首と頬をさすりながら、またしてもかなめにウインクした。かなめはそれを見て助け舟を出すべきではなかったのではないかと思い始めていた。

「鈴木、一体何の用だ？」

「やだなぁ先生……僕、水鏡ですよ!!」

卜部が鋭い目で睨みつけると男は鈴木ですと敬礼した。

「一体何のようだ？」

「用って言っちゃあアレなんですが、先日の反町ミサキちゃんの件でお詫(わ)びにと思いまして……」

「詫びだと？　どの口が……」

卜部の言葉を遮って水鏡は叫んだ。

「わあああ!!　それは本当にごめんなさい!!　僕じゃ絶対ムリだったんで先生を紹介しちゃいました!!」

「だって僕はただのメンタリストですよ!?　ちょーっと霊が見える程度の!!　それがあんなヤバいの相手にしたら死んじゃいますよぉおお!!」

水鏡は卜部の足に縋(すが)りついておんおんと泣く素振りをしてみせた。

それを見ていたかなめは愕然(がくぜん)とする。かなめの角度からは嘘泣(うそな)きが丸見えだったからだ。

軽蔑と驚きの表情を浮かべるかなめと目が合うなり、卜部の足に縋りついたままの水鏡はぺろりと舌を出した。

「ええい！　気色悪い！　離れろ!!」

卜部はそう言って足に纏わりつく水鏡を振り払った。

「お願いします!!　お詫びさせてください!!」

水鏡は深々と頭を下げて大声で言った。もうテレビでの印象は見る影もなかった。

「ふざけるな！　なんだその意味のわからんお願いは!!」

「お願いします!!　一緒に温泉旅館に慰安旅行を……!!」

「温泉旅館!!」

それを聞いてかなめが目を輝かせた。

「先生!!　良いじゃないですか!!　慰安旅行!!」

かなめは卜部の手を両手で摑んで振り回した。

「おい！　亀！　馬鹿言うな!!　お前はどっちの味方だ!!」

「かなめです!!　だって夏休みも秋の連休もどこにも行ってないんですよ!?」

かなめが叫ぶのを聞いて、水鏡はしめたとばかりにかなめに耳打ちする。

「しかも紅葉が綺麗な隠れ家的老舗旅館ですよ…」

「先生!!　紅葉です!!　隠れ家的老舗旅館です!!」

「うるさい！　俺にも聞こえてる!!　わざわざ繰り返すな!!」

情勢が傾いたことを察知して水鏡が畳み掛ける。

「美人の湯で有名な秘湯！　しかも地元の幸をふんだんに使った豪勢なお食事に舌鼓!!」

「先生!!」

もうかなめの目には温泉旅館とお食事しか見えていない。卜部はかなめの輝く目を見て大きくため息を吐いた。

「ちょっと待ってろ……」

そう言って机に何かを取りに行った。戻ってくるとその手には古びた古銭が六枚握られていた。

「何ですかそれ？」

かなめは卜部の手を覗き込んだ。

「これは清王朝時代の古銭だ。今から金銭掛で吉凶を見る。凶なら諦めるんだぞ？」

かなめは黙って頷いた。いつになく真剣な表情で。

卜部は一枚の風呂敷を広げるとそこに正座して古銭をばら撒いた。

裏、裏、裏、表、裏、表

「地火明夷……」

卜部が苦々しい顔で呟く。

「どうなんですか……？」

かなめが恐る恐る尋ねる。

「お前もやれ……」

「え？」

「お前もやってみろ。心で旅に出るべきかどうか尋ねながら古銭を振れ」

かなめは言われた通りに風呂敷に正座して目を閉じた。

「神様、旅に出るべきでしょうか……？」

そう念じて古銭を放った。

裏、裏、表、裏、表、裏

「雷水解……」

卜部は右手で髪をかき上げて後頭部を掻きむしった。それは卜部が考え事をする時の癖だった。

「先生……？」

かなめと水鏡が卜部の顔を恐る恐る覗き込んだ。

「旅行に行く……さっさと準備しろ!!」

卜部は忌々しそうにそう言い放った。かなめはそれを聞いて手を叩いて飛び跳ねた。

水鏡はその陰でフゥと胸を撫で下ろしていた。

「ささささ！　善は急げです！　先生！　かなめちゃん！　さっそく出発しましょう!!」

かなめは上機嫌で事務所のロッカーに向かい大きなバッグに着替えを詰めると、洗面所に歯ブラシとタオルを取りに向かった。

「おい!! なんでお前の私物が事務所にあふれてるんだ!?」

卜部もかなめの後を追うようにロッカー、洗面台と順に巡って旅支度を整えていく。

「この前みたいに怪異が家に現れたら事務所に泊まらないといけないじゃないですか!! そのために備えておいたのがこんな形で役に立ってラッキーです!!」

「なんだ泊まらないといけないって!! ホテルでもなんでも泊まればいいだろうが!!」

「怪異に憑かれてるのに独りでホテルなんて怖すぎます!! その点この事務所なら安心です!!」

そう言い終えるとかなめはスーツの上から紺地に白袖のスタジアムジャンパーを羽織り、キャップを被(かぶ)って扉の前に立った。準備万端である。

卜部はそんなかなめを恨めしそうに睨んで壁に掛けられたベージュのロングコートを引(ひ)っ摑んで扉を押し開けた。

三人が雑居ビルを出ると、ハイラックスの助手席から一人の女性が降りてきて深々と頭を下げた。

「卜部先生。この度は水鏡のわがままを聞いてくださり誠にありがとうございます」

女性は背が高くスレンダーでまるでモデルのようだった。それだけでも見惚(みと)れるような美人だったが、かなめはその豊満なバストに目が釘付(くぎづ)けになった。黒のパンツスーツ姿がそのバストをさらに凶悪なモノにしている……。

「はじめまして。万亀山(まきやま)かなめです」

かなめは一抹の不安を振り払うように笑顔で挨拶した。

「申し遅れました。わたくし水鏡の秘書をしております。冴木翡翠(さえきひすい)と申します」

「冴木くんはとても優秀な秘書なんだよ！　ところでかなめちゃんも気が向いたら僕の助手に……アタタタタ!!」

水鏡がいやらしい表情でそう言いかけると翡翠がヒールの先で水鏡の足を踏んで黙らせた。

「水鏡の無礼をおゆるしください。節操のない豚で誠に申し訳ありません」

かなめはそれを見て噴き出して言った。

「よかった!!　冴木さんとは仲良くなれそうです!!」

「私のことは翡翠とお呼びください」

そう言って翡翠はにっこりと微笑(ほほえ)んだ。

「じゃあ翡翠さんで!!」

かなめと翡翠が意気投合しているのをよそに、卜部は荷物をトランクに詰めて車に乗っていた。

「おい!!　いつまでやってる!!　さっさと出発しろ!!」

＊

市街地の渋滞を抜け高速に入ると、人の営みはぐんぐん遠ざかった。

道路の両脇は深い山に囲まれ、美しい十一月の空には光沢を帯びた薄雲が輝き、紅や黄に色付いた木々が冷たい風に揺られながら次世代のために今年の命を散らしていた。

「先生!!　すごく綺麗ですよ!!」

かなめが車の窓に張り付きながら卜部の太ももを叩く。卜部はシートを深く倒して両腕で目を覆っていた。

「これから行くところはこんなもんじゃないよ!!　絵にも描けない美しさ!!」

運転しながら水鏡が自慢げに話す。

「水鏡さんはよくそこに行くんですか？」

かなめはルームミラー越しに水鏡に尋ねた。

「ま、まあね!!　仕事の合間にたまに行く程度だけどね!!」

一瞬水鏡の表情が曇った。しかしかなめはそんなことには微塵（みじん）も気が付かない。水鏡はチラリと鏡を覗くとカーステレオのスイッチを入れた。

荘厳なストリングスのイントロが流れ一息の休符を合図にエアロ・スミスが美しいバラードを静かに歌い始める。

かなめはそれをいい気分で聞いていた。眠っていた卜部もピクリと反応して、流れる歌に耳を傾けたのをかなめは見逃さない。

しかしである。サビに差し掛かると案の定水鏡が大声で歌い始めた。

地球最後の日を描いた映画のクライマックスが瞼の裏に浮かんだその時、エアロ・スミスの美しい歌声を水鏡の自分に酔いしれた気持ちの悪い熱唱が台無しにした。

全員が頭を抱える酷い歌に翡翠がカーステレオの電源を切って真顔で言い放つ。

「水鏡先生。おやめください。マジの方です」

水鏡はへへへっと照れ笑いを浮かべていたが翡翠の真顔に負けて小さい声ですいません……とこぼした。

卜部はその様子を見て、右手に構えていた革靴をそっと下ろした。

その後も水鏡と翡翠が交代で運転し、数時間高速道路を走り続けた。

時刻が午後三時を回ったころ、一行は一般道に降りてぐねぐねと続く山道を走っていた。

「ここからはナビにも道が表示されないから、僕が運転するよ」

そう言って水鏡は運転席に座り、手書きの地図を確認してから車を発進させた。

アスファルトで舗装された道路を暫く進むと、車は速度を落とした。普通に走っていれば見落としてしまうであろう、未舗装の道路が森の奥へと続いている。

砂利道の両脇には苔むしたお地蔵のようなものが並んでいた。

「ここだ……ここだ……」

水鏡はぼそりと呟いてハンドルを切った。

西日が植林された針葉樹の隙間から差し込み、これから進む道の先を頼りなく照らしている。

かなめはなぜか背筋がぞくりとするのを感じて咄嗟に卜部に目をやった。卜部は相変わらず腕で顔を覆っていてその表情はわからない。

しかし心なしか卜部からも張り詰めた気配を感じる。

ハイラックスの太いタイヤがガリガリと砂利道を削り、騒々しい音を立てながら一行は森の奥へと進んでいった。

道は緩やかな下り坂になっており、どうやら谷底の方へと向かっているようだった。

車内はなぜか静まり返って誰も言葉を発しない。

かなめは心細い気持ちを紛らわせようと窓の外を眺めた。

ゾッとした。

森の中に布で作られた人形が大勢立っている。

間抜けな顔をした可愛らしい人形たちは一様に古びたボロキレを身にまとい、まっすぐにこちらを見ていた。

それが数十体、あるいは百体を超して立っていると、のどかな田舎の風景ではすまされない。

そこからはある種の強い執念のようなものが滲み出していた。

かなめが目を離せずに人形たちを見ているとその中の一人がこちらを指さした。

かなめは心臓が飛び出しそうになったが、それは人形ではなくほっかむりを被った老婆だった。

老婆はこちらを指さしたまま真っ黒な瞳でかなめの顔を見つめると、口を大きく開いた。

まるで何かを伝えようとしているように。

「水鏡さん!!　止まってください!!　おばあさんが!!」

「え?　何だって?」

「おばあさんがあそこに!!」

「どこ??」

水鏡が脇に目をやった時だった。卜部が突然起き上がってかなめを引き寄せた。

「おい!!　前を見ろ!!」

水鏡は慌てて急ブレーキを踏んだが、車は砂利道を外れて谷に乗り出した。

「水鏡先生!! 何をなさってるんですか!!」

翡翠が叫ぶ。

「ごめんごめん。あぶねぇー。とりあえず降りようか……」

水鏡はポリポリと頭を掻きながらドアを開けて外に出た。

車を降りてみると前輪が完全に宙に浮いていた。谷はさほど深くはなかったが、あのまま飛び込んでいれば怪我人が出ていただろう。

かなめはハッとして引き返し森の中の老婆を捜したが、そこには気味の悪い人形が佇むばかりで人の姿はなかった。

水鏡はロードサービスに連絡しようと携帯を取り出した。しかし一向に電波が繋がらない。どうやらこの辺り一帯が圏外のようだ。

「と、とにかく、旅館までそんなに距離もないんで歩きますか！」

水鏡はそう言ってへへっと笑った。すると翡翠が深々と頭を下げる。

「このようなことになって申し訳ありません。この能無しに運転を交代した私の責任です」

「冴木くんはレース用の免許も持ってるんだよ」

翡翠が睨みつけると水鏡はシュッと車の陰に引っ込んだ。

「とにかく行くぞ。ここにいてもどうしようもない」

ト部がトランクを開けたその時だった。

後方から車のクラクションが鳴り、四人は一斉にそちらを振り返った。そこには型番の古いスバルのサンバーが停まっていた。

「ありゃー。こりゃ大変だ。もしかしてウチのお客様ですか？」

窓から顔を出したのは、薄くなった頭頂部に白髪交じりの髪を短く刈り込んだ作業着の男だった。

「いやー！　助かった‼　予約していた水鏡です‼」

水鏡は満面の笑みで両手を広げて男に近づいていった。

「あらーやっぱりそうですか。ここらは携帯も繋がりませんので、車はそのままにしてまずは旅館まで行きましょうか」

そう言って男は軽トラックから降りてきた。彼の着ている紺色の作業着の背中には、丸の中に忌の字が入った紋があしらわれていた。

「ちと汚いですが、後ろに荷物を載せて、皆さんも一緒にそこに乗ってくださぃ」

そう言ってこの男はトラックの荷台に荷物を運び始めた。

荷物を積み終わり一行が荷台に乗ると車は旅館へと向けて出発した。

すでにあたりは薄暗くなっており、あの不気味な森を歩かずに済んだことにかなめは心底ホッとした。

「いやぁー大将!! 助かりました!!」

水鏡が荷台から叫ぶとカカカと笑う声が返ってきた。

「大将はよしてください!! 私は忌沼温泉の庭師をやっとります。坂東と申します。遠いところをようこそお越しくださいました!!」

荷台に四人を乗せたトラックはガタガタと揺れながら忌沼温泉へ続く山道を進んでいった。

辺りが漆黒の闇に包まれたころ、暗闇の中にポツポツと灯籠の明かりが並んでいるのが見えてきた。車はその灯籠の前で止まった。

「着きました。こちらが忌沼温泉旅館になります」

明かりの灯った灯籠が両脇に並んだ玉砂利の小道の先には「忌沼温泉旅館」と書かれた重厚な一枚板を掲げた旅館があった。

旅館からは暖かな黄色い明かりが漏れており、それが旅館を闇の中にぽうと浮かび上がらせている。

かなめは清流のせせらぎに耳を傾けながら、冷たく湿った空気を胸いっぱいに吸い込んだ。

旅館の暖かな明かりに安心したためか、かなめは先程の不吉な出来事も忘れて、むくむくと膨らんでくる食欲に気持ちが移っていく。

「さささ!!　皆さん!!　行きましょう!!」

そう言うと水鏡は先頭に立ってずんずん旅館へと歩いていった。

かなめも荷物を持って旅館へと進もうとしたが旅館を睨んで立ち止まっている卜部に気が付いて立ち止まった。

「先生？　どうかしましたか？」

卜部は黙って目を細めている。かなめもつられてもう一度旅館に目をやった。木造の三階建てで決して大きくはなかったが歴史を感じさせる重厚な建物だった。各部屋には部屋一面の掃き出し窓が備えられており、美しい格子のシルエットが室内の明かりで浮き彫りになっている。

「先生……？」

卜部はおもむろにコートのポケットに手を突っ込んでラーク・マイルドクラシックの箱を取り出した。ボコボコのジッポでタバコに火を点けて深く息を吸う。するとタバコの先端が音を立てて赤く燃えた。

吐き出された煙は冷たい風にさらわれて闇の奥へと流れていく。

「こっちに来い」

卜部がかなめに手招きする。

「？？？」

かなめは荷物をそこに置いて卜部のそばに歩み寄った。すると卜部はかなめの顔にタバコの煙を吹きかけた。

「ゲホッ!!　ゲホッ!!　な、なにするんですか!!　いきなり!!」

かなめは煙にむせながら抗議した。しかし卜部はお構いなしに煙を吹きかける。

「よく聞け。ここは相当ヤバい。絶対に館内を独りでうろうろするな。いいな?」

「えっ!?　それってどういう……!?」

かなめが聞き終わるより先に卜部は荷物を持って旅館に歩いていった。かなめはその後ろ姿を慌てて追いかける。

「ちょっと!!　先生!!」

開放された引き戸の敷居を跨ぐと、真っ赤な絨毯が敷かれたエントランスに女将と若女将が三つ指を突いて深々と頭を下げていた。

「ようこそ忌沼温泉旅館へお越しくださいました……女将の千鶴と申します」

「若女将の千代です」

「わぁ……わたしこういうの火サスでしか見たことありません!!」

かなめは小声で卜部に囁いた。卜部は余計なことを喋るなと脇腹を小突くと玄関框に腰掛けて靴を脱いだ。

「お部屋は二部屋ご用意しております。どちらのお部屋も二階にご用意させて頂きました。

鵺の間と麒麟の間になります」

そう言って女将が木板にぶら下がった鍵を差し出した。不気味な生き物の描かれた鍵を水鏡が受け取り、卜部にその一つを手渡す。

ん??

咄嗟にかなめは首をひねって考える。

部屋は二つ。鍵は水鏡さんと先生が持っている……

「行くぞ。亀」

「ええ!! 先生と相部屋ですか!?」

「それじゃ僕と相部屋……イタタタ!!」

言い終わるより先に翡翠が水鏡の耳をつまんで奥へと引っ張っていく。

「かなめさん!!」

翡翠はそう言って振り向くとウインクした。

「ええっ!! ちょ、ちょっと!! 待ってください!! 何ですか今の!?」

「モタモタするな!! 亀!!」

それだけ言うと卜部はさっさと歩き始めてしまった。

「か、かなめです!!」

「せ、先生!! 本当に相部屋にするんですか!?」

かなめはたまらず後ろから声をかけた。すると卜部の不機嫌な声が返ってくる。

「何が悲しくて鈴木の阿呆と一緒の部屋に泊まらにゃならんのだ…!!」

かなめは女将と若女将に一礼すると卜部を追って階段に走った。

パタパタと不慣れなスリッパの音が、人気のない薄明かりの廊下に木霊する。清潔な日本家屋が持つ独特の匂い。畳や木や竹が放つ甘いような匂い。かなめにとってそれはつまり旅先の香りだった。

懐かしいような照れくさいような記憶をくすぐる香りも相まって、妙な緊張感に胸をそわそわとさせながら卜部の後を追う。

「せ、先生……本当の本当に相部屋にするんですか!?」

かなめはひとりドギマギしながら後ろから声をかけた。

「ええい……!!　何度も言わせるな!!　阿呆との相部屋なぞまっぴらごめんだ!!」

卜部は振り向きもせずにそう答えると鵺の間と書かれた扉の前で立ち止まる。

扉の上に掛けられたテカテカと光沢を放つ歪んだ天然木の板には「鵺の間」の文字とともに奇っ怪な生き物が描かれていた。

その生き物は猿のような虎のような蛇のような、いかんとも形容し難い姿をしている。

「なんだか気味の悪い絵ですね……」

かなめは小声で卜部に囁いた。

「鵺だ。猿の面、狸の胴、虎の手足、蛇の尾。神獣ととるか化け物ととるか……」

卜部はそう言って皮肉っぽい笑みを浮かべると扉を開けて中に入っていった。

「うわぁ!!」

かなめは豪華な和室の内観と正面に広がる一面の窓に思わず声を漏らした。

窓に駆け寄って外を眺めると山々は全てを呑み込むような闇に姿を変えて建物を包囲していたが、その闇の真中でハロゲンランプの外灯に照らされた美しい庭園が悠然と闇を退けていた。その隅ではライトアップされた紅葉が暗闇の中で赤々と燃え盛っている。その様は美しさとは別にある種の警告じみた凄味すら孕んでいた。

「ほう。見事なもんだな」

かなめが見惚れているといつの間にか卜部も隣に来て庭園を眺めていた。

「良いところですね!!」

「どうだかな」

卜部はそう言いながら茶葉と茶菓子の入った漆塗りの茶びつの蓋を開けていた。

「明日は紅葉狩りですね!!」

「亀、お前緑茶と梅昆布茶どっち飲む？」

「かなめです!!　梅昆布茶を」

二人は座卓で梅昆布茶とお茶請けのモナカを頰張った。

「流石(さすが)に高級旅館だけあって茶も茶請けも高級品だな……」

「ふぁい！　おんなのたえたこと(こんなの食べたこと)あいません(ありません)」

頬張りながら話すかなめを、卜部が目を細めて見ていると扉をノックする音が聞こえた。

「先生!!　水鏡です!!　お夕食どうしましょうか？　今後の打ち合わせを一つ!!」

扉の外から水鏡の調子のいい声が聞こえてきた。

「少し話してくる……」

卜部は舌打ちして廊下へと出ていった。

独り部屋に残されたかなめは、貴重品用の金庫を開けたりテレビの電源を入れたりしながら宿の風情を満喫していた。

部屋は二部屋に別れており、それとは別に窓際には板張りのスペースと小さな冷蔵庫があった。

襖(ふすま)を開けるとそこは寝室になっていた。かなめはなんとなく気恥ずかしくなって慌てて襖を閉めると、座卓に座り直して荷物の整理を始めるのだった。

歯ブラシや化粧品を机に並べていると、ゴン……と窓に何かがぶつかる音がした。

窓に目をやると大きな蛾(が)が窓にぶつかりながら羽をばたつかせている。

「大きいな……光に集まってきたのかな……」

かなめは何度も窓に体当りする蛾が哀れに思えてカーテンを閉めようと窓へと向かった。

ふいに妙な胸騒ぎがして微(かす)かな恐怖の気配が左耳の後ろ辺りを撫(な)でた。

かなめは窓の向こうの暗闇と、パタパタと音を立てながら狂ったように窓に身体(からだ)を打ち付ける蛾をできるだけ見ないようにして急いでカーテンを閉めた。

座卓に戻ろうと窓に背を向けると、カーテンの隙間から、白塗りの顔が、こちらを覗(のぞ)いている。

そんな嫌な映像が脳裏に浮かぶ。

自分の恐怖心から来る妄想だと思いながらも振り向くのが怖い。

それでも振り向いて確認しないわけにはいかない。

かなめはゆっくりと窓の方に振り返った。

何もない。閉じられたカーテンの隙間から覗く者はいない。

ふぅ……

安堵(あんど)して座卓に向かって一歩進むと天井裏からカリカリと音がした。

カリカリ……

カリカリカリ……

立ちすくんで天井を見つめていると扉の開く音がした。

「亀、飯だ。冴木がお前と食いたいそうだ。一階の座敷(ざしき)に行くぞ」

「は、はい……今行きます」

かなめはもう一度天井を見上げたが、もう音はしなかった。

かなめは鍵を持つと急いで卜部の方へ駆けていった。

廊下に出るとちょうど翡翠も外に出てきたところだった。

「翡翠さん!!」

「どうかなさいましたか？」

かなめは先程の音が気になって翡翠に尋ねてみた。

「屋根裏でカリカリって音がしませんでしたか?」

「屋根裏ですか?　私は気が付きませんでしたが……」

「そうですか……翡翠さんの部屋の方へ移動していったような気がしたんですけど……」

「鼠（ねずみ）か何かではないでしょうか？　随分山深いところですから」

「先生は何か感じますか……？」

かなめは意を決して恐る恐る尋ねた。

「さあな……」

そう言って卜部は階段へ向かって進んでいってしまった。

一階の受付から奥に伸びる廊下を進むとそこが座敷になっており大宴会場と小宴会場の札も掲げられていた。

水鏡は小宴会場の襖から顔を出して手招きした。

「さささ!!　こっちですよ!!」

招きに応じて小宴会場に入ると、すぐに料理が運ばれてきた。

女将の千鶴と若女将の千代が常磐色の作務衣を着た二人の仲居を引き連れて手際よく配膳していく。

「こちらのお肉は地元産の黒毛和牛になっております。こちらでお焼きになってお召し上がりください」

そう言って女将は霜降りの肉が載った皿を御膳にそっと置いた。鉄板代わりの陶器の下には固形燃料が備えられている。

その他にも蒸篭(せいろ)に入った薄切りの霜降り和牛と野菜ときのこ……固形燃料で煮えた鍋には美しい金色の出汁(だし)が湯気を上げていた。

小鉢には角の立った刺し身が盛られ、山菜の天ぷらがあり、金粉が封じ込められた美しい煮凝り(にこご)があり……

かなめは眼(め)の前に並んだ色とりどりのご馳走(ちそう)を見てゴクリと生唾を呑んだ。そして卜部の方を見た。

卜部もちらりとかなめに目をやると小さく頷(うなず)いた。

「ささささ!!　堅苦しいのは無用です!!　お代わりや追加も自由にしちゃってください!!」

こうして豪華絢爛(ごうかけんらん)な晩餐(ばんさん)が幕を開けた。

「んぅうううまいっ!!　おいひいですぅ!!」

かなめは霜降りのしゃぶしゃぶをピンク色に仕上げて一気に頬張ると卜部の太ももを叩きながら叫んだ。

「かなめちゃん、いい食べっぷりだね!!　喜んでくれて嬉しいよ」

水鏡は霜降りの焼肉を頬張りながらかなめを指さした。

「最高です！　ね！　先生」

卜部も肉を口に運びながら頷く。

「女将さーん!!　お酒も持って来てー！　上等な奴を頼むよー!!」

水鏡が叫ぶとはーいと声がして見たことも無い日本酒が運ばれてきた。

「ほう……」

卜部はそれをしげしげと眺める。

「先生もお酒飲むんですか？」

かなめが驚いて尋ねた。

「なんだ？　俺が飲んだら駄目なのか？」

「そんなことないですけど……意外というか……」

「ままま!!　いいじゃないですか!!　皆で飲みましょう!!」

水鏡は卜部にどんどん酒を注いだ。そのせいもあってか卜部も徐々に上機嫌になっていった。

かなめと翡翠も頬を桃色に染めながら、お互いに偏屈な上司を持って苦労するねとクスクスと笑いながら過去にあった大変談義に花を咲かせていた。

「おい鈴木ぃ。お前、霊媒師なのに肉なんか食っていいのか？」

顔を赤くした卜部が箸で水鏡を指しながら意地悪な笑みを浮かべて言う。

「嫌だなぁ？　僕なんて何食べても変わらない生臭霊媒師ですよぉ。先生こそこんなに飲んでお肉も食べちゃって大丈夫なんですか？」

水鏡も赤ら顔で卜部に酒を注ぎながら答えた。

「ああ。この前のプールの一件で俺の気はスッカラカンだからな。今は何をやっても同じだ」

空になった盃をコンと畳に叩きつけて卜部が不敵に笑った。

「おかわり」

「へ、へへ、そ、そうですか……」

卜部の盃に酒を注ぐ水鏡の顔は真っ青になり、その手は小さく震えている。

かなめはそれを見てどうやら大変なことになったぞと悟った。

卜部は波々と注がれた盃をぐっと飲み干して一言うまいと呟いた。

卜部の爆弾発言を受けてか、水鏡は慌ててその日の夜の宴会をお開きにした。かなめの目にも分かるほど水鏡は狼狽していた。つまりそれはこの温泉旅行がただの旅行ではないことを意味している。

「は、腹痛先生!!　ここの温泉は最高なんです!!　酔いをさましに温泉行きましょ!!　ね？　温泉!!」

水鏡の赤ら顔は見事に青ざめて冷や汗までかいている始末だった。そんな水鏡を見かねてかなめも助け舟を出す。

「わ、わたしもちょっと飲みすぎたのでお風呂で汗でもかいて酔いをさまそうかなー。翡翠さんも一緒にどうですか!!」

「はい。ご一緒します」

翡翠はいつもの無表情に戻って丁寧に頭を下げた。

「せ、先生も行きましょう!!」

かなめの援護射撃が功を奏したのか、卜部はくっと笑って立ち上がった。

「部屋に着替えを取りに行ってくる」

こうして豪華な晩餐はなんとも不穏な幕引きとなった。

部屋に戻ると浴衣とタオルを手に持って、卜部とかなめは温泉へと向かった。かなめは思わず聞いてみる。

「先生……本当なんですか？　気が空っぽって……」

「ああ。本当だ」

卜部は手をヒラヒラとさせながら言った。

「ここ……ヤバいんですよね……？」

かなめは低い声で耳打ちした。

「ああ。死ぬほどヤバい」

卜部はさらりと言ってみせた。酔っているからなのか、いつも通りなのかいまいち判然としない。

かなめが次の言葉を吐き出す前に、二人は男女に別れた暖簾の前に到着した。

「俺は長湯する。部屋の鍵はお前が持ってろ」

そう言って鍵を手渡すと卜部は暖簾の奥へと消えていった。

独り取り残されたかなめは暖簾の脇の長椅子に腰掛けて翡翠を待つことにした。

＊

調理場ではその日も女将の千鶴が若女将であり娘の千代に結婚の話を持ち出していた。

ここのところ何日も同じようなやり取りが繰り返されていたが、従業員は誰も口出しをしない。

「千代ちゃん。この前の話考えてくれた？」

「え……？」

千代は咄嗟に分からないふりをしてとぼけた。しかしそれが何の意味もなさないことは自分でも分かっていた。

「夏男さんの話」

千鶴はわざとらしい笑みを浮かべて手を振った。

「その話はやめて……」

千代はうんざりした様子で視線を皿に落としぶっきらぼうに言って退けるが、彼女の母親がこんなことで自分の話を中断したことは一度たりともなかった。

「そうは言ってもね……千代ちゃんだって分かってるでしょ？　ウチでは皆そうしてきたのよ？　ここにいる皆のためよ？　あなたの我儘と皆とどっちが大切なの？」

「分かってる……分かってるから。ただもう少しだけ時間が欲しいの……」

そう言う娘の顔を覗き込むと、千鶴は娘の手を取って両手で力強く握りしめた。

「ありがとう。分かってくれてお母さん嬉しい。そうよね。時間が必要よね。千代ちゃんの準備が出来るまでお母さん待つわ」

そう言って千鶴は綺麗な白い歯を見せてにっこりと笑った。

千代には自分を覗き込む母親の顔がまるで化け物のようにおぞましく見えた。

「お母さん千代ちゃんのこと信じてるから」

そう言って優しく微笑む千鶴の目は確定した未来を見据えて満足そうだ。

いつもそうだった。母が自分を見ていると感じたことは一度もない。母が見ているのは私を利用して手に入れることができる未来。それだけ。

千代は目線を逸らしてコクリと頷くと食べかけの賄に手を伸ばす。

「さ！　無事に話も済んだことだし千代ちゃん、離れのお義父さんの様子を見てきてもらえるかしら」

「…………」

ただでさえ不味くなった食事の味が、その一言で砂を嚙んでいるような感触に変わる。

「お願いね！」

そう言って千鶴は受付のカウンターの方へ消えていった。

千代が恨めしそうにそちらを見ていると上機嫌な母の話し声が聞こえてきた。電話の相手はおそらく夏男だろう。

千代は憂鬱な気持ちで皿に残った賄を見つめた。そこには白く濁った目でこちらを見つめる鯛の死骸が横たわっている。

食べる気が失せた残りの煮付けを、なかば八つ当たり気味にゴミ箱に放り込んで千代は離れで眠る祖父のもとに向かった。

＊

そのころ水鏡はサウナで冷や汗を流していた。

「せ、先生……もう限界ですよ……」

「まだだ」

目を瞑り座禅を組んだト部が言う。ト部の身体は紫色に変色した無数のミミズ腫れに蝕まれていた。

「ぜ、全容は……お話ししたじゃありませんか……」

「黙れ。お前だけ楽するのは許さん。最後まで付き合え」

「勘弁してくださいよぉ……」

水鏡は大きなため息をつくと、名案が浮かんだようでハッと目を輝かせて立ち上がった。

「そうだ!! ちょっと女湯を覗きに行きませんか？　痛ったーい!!」

ト部は濡らしたタオルで思い切り水鏡をひっぱたいた。

「なんか今、水鏡さんの叫び声が聞こえませんでした？」

かなめはキョロキョロあたりを見回して言った。

「女湯を覗こうとして、卜部先生に阻止されたのではないかと……」

翡翠は露天風呂の仕切りを睨んで言った。

「あはは……なるほど」

「どうかなさいましたか？」

かなめが翡翠の凶悪なバストを凝視しているので翡翠は不思議そうに尋ねた。

「す、すみません。あまりに豊かなお胸だったものでついつい見入ってしまって……」

それを聞いた翡翠は目をまん丸にして驚くと、クスクスと笑い始めた。

「わ、わたし何かおかしいこと言いました……？」

かなめが尋ねると翡翠はしばらくクスクス笑ってから答えた。

「いいえ。ただ以前にも同じようなことを言われたことがあったもので、つい」

「それってもしかして……」

かなめがそう言うと翡翠はミステリアスな笑みを浮かべて内緒ですと笑った。

「いいじゃないですか!!　教えてください!!　ひーすーいさーん……」

かなめが食い下がると翡翠はどうしようかと迷った素振りをしてから「じゃあ……」と切り出した。

「交換条件です。私も話しますので、かなめさんも私の質問に一つ答えてもらいます！」

「そんなぁ……」

かなめは頭を抱えてウンウン悩んだあげく分かりましたと言って鼻まで湯船に浸かりブクブクと泡を立てた。

「交渉成立ですね」

そう言って笑うと翡翠は話し始めた。

「かなめさんのご想像通り、以前私の胸を褒めたのは水鏡先生です」

翡翠は鎖骨から上を湯船の上に出し、少しだけ首を左にかしげて右上に目線をやった。

立ち上る湯気の中に浮かぶその姿があまりに色っぽく見えてかなめは息を呑んだ。

「やっぱり!! でもそれってよく考えたらセクハラじゃないですか……?」

「私もそう思います」

翡翠はそれを聞いてクスクス笑いながら言った。

「だけど当時の私は心を病んでいてまるで生きる屍のようでした」

かなめは驚いて視線を上げる。

「服は何日も同じものを着て、髪もボサボサで、自分で言うのもアレですが見る影もなかったと思います」

「だけどそんな私をあの人は見つけ出して、自殺しようとしていた私を見るなりこう言ったんです……」

「死んじゃいけない！　君のその豊かなおっぱいが失われるのは人類にとっての損失だ‼って」

　そう言って翡翠はいたずらっぽく舌を出して見せた。かなめはそれを見て思わず噴き出してしまった。

「もう‼　良(い)いムードだったのにぃ‼」

　かなめは叫んだ。だけどそれを聞いて翡翠が苦笑いを浮かべる。

「ほんとに。だけどそれを見て何だか死のうとしてたことがバカバカしく思えてしまって、こう言ってやったんです」

「私を生かしたんだから責任取れ‼　って。それから先生の秘書として一緒に仕事をしています」

　かなめはそうだったんですね……と相槌(あいづち)を打つ。

「普段は女にだらしない上に、どうしようもない男ですが、水鏡先生のメンタリストとしての腕は一流で、一緒にいる間に私の心の問題はすっかり解決されてしまいました。悔しいことに……」

　翡翠はかなめの方を見て困ったような笑みを浮かべて話した。その表情からは水鏡に対する感謝と好意が滲(にじ)んでいた。

「悪さしないように見張ってるんですね」

かなめがニィと笑ってそう言うと、翡翠はそういうことですとウィンクしてみせた。

「さ！　次は私の番です！　かなめさんは卜部先生のことどう思ってるんですか⁉」

翡翠は体ごとかなめの方に向き直るとずいずいと顔を近づけて尋ねた。

「は⁉　ち、近いです‼　べ、別にどうとかそういうのでは……」

かなめは迫ってくる翡翠を両手で押し返しながら、耳まで真っ赤に染めて叫んだ。

「ずるい‼　私は正直に話しましたよ‼　かなめさんにも正直に話していただきます‼」

そう言って翡翠はかなめの脇腹をくすぐった。

「ぎゃあああああ‼　す、すみません‼　言います‼　言います‼　翡翠さんストップ‼

ぎゃあああああ‼」

かなめの絶叫は男湯で禅を組む卜部の耳にも届いていた。

卜部はやれやれとため息を吐きながら一層深く精神を岩風呂と夜の闇に融かす羽目になるのだった。

温泉から上がってもかなめの顔の火照りはなかなか収まらない。

隣で髪を乾かしながらこちらを見てニヤリと笑う翡翠の顔も上気している。

どうやら温泉の持つ薬効が火照りを後押ししているのは間違いないようだ。

しかしかなめの頭の中では先程のやり取りがぐるぐると回っていた。どうもそれが顔の火照りをひどくしている気がしてならない。

「かなめさんは卜部先生のことどう思ってるんですか!?」

かなめはブルブルと頭を振ってその後のやり取りを頭から追い出す。

この後、部屋で卜部と二人きりなのだ。変に意識して挙動不審になれば卜部に何を言われるか分かったものではない。

かなめが悶々(もんもん)と髪を乾かしていると翡翠が近づいてきた。

「かなめさん。あれ」

そう言って翡翠はガラス張りで中身の見えるレトロな自販機を指さした。

古めかしい赤い文字で「しぼりたて牛乳」と書いてある。

「いいですね!!」

二人はその自販機でフルーツ牛乳とコーヒー牛乳を買うと、腰に手を当てて飲み干し大笑いした。

旅先特有の悪ノリのせいで笑いすぎて涙目になりながら、そろそろ部屋に戻ろうと廊下を歩いていると前方から女将(おかみ)が歩いてきた。

「温泉はいかがでしたか?」

女将はニッコリと微笑んで二人に尋ねた。

「はい!!　とっても気持ちよかったです!!」

かなめは笑顔で答えた。

しかし翡翠は先程までの柔らかさが表情から消えていつものポーカーフェイスに戻っている。

「ここは美人の湯で有名な硫黄泉なんですよ。お肌がツルツルになるでしょ？　ぜひたくさん入っていってくださいね」

そう言って女将は頭を下げると廊下の奥へと消えていった。

「硫黄ってお肌に良いんですね」

「はい。そのようです」

なんとなく会話が途切れて、二人は無言で階段を上りそれぞれの部屋の前にたどり着いた。

「それじゃ、また明日!!」

かなめがそう言って部屋に入ろうとしたときだった。

「かなめさん」

翡翠がかなめを呼び止めた。

かなめは動きを止めて翡翠を見る。

翡翠は両手をお腹の前で組んで丁寧にお辞儀した。

「申し訳ありませんでした。もうお気づきかと思いますが、この旅行はただの旅行ではありません……」

　やや間があってから、かなめはファイティングポーズをとって言った。

「大丈夫です!!　うちの先生、霊的なことに関しては本当にすごいですから!!」

「それに、せっかく翡翠さんと友達になれたんですし、楽しめるタイミングは思い切り楽しまないと損です!!」

　笑顔で親指を立ててかなめがそう言うと、それを聞いた翡翠は目を丸くした。

　翡翠はそれを聞いて目を丸くした。

「それじゃまた明日!!　おやすみなさい!!」

　かなめはそう言って颯爽と部屋に入っていった。

　部屋に入るとそこには布団が二つ、綺麗に並んで敷かれていた。

　かなめはそれを見て頭を抱えると、翡翠とのやり取りを思い出し、独り悶絶することになるのだった。

＊

　忌沼温泉旅館には別館が存在する。別館と言っても客室はなく、現在は従業員の寄宿舎として旅館の裏手に静かに佇んでいる。

別館に続く渡り廊下は鉄骨造りで、構造上、ところどころの鉄骨が露出しており、赤茶色の防錆（ぼうしょう）塗料が分厚く塗られた剝（む）き出（だ）しの鉄骨は結露で濡（ぬ）れてじっとりとした光を放っている。

若女将の千代は祖父の幸男（ゆきお）に食べさせる流動食を載せた盆を抱えてそんな渡り廊下を歩いていた。

コツンコツンと足音が鉄骨に反響する。

「まるで鶯張（うぐいすば）り……」

千代はこの音が嫌いだった。どこかで母がこの音に聞き耳を立てていて、いつ本館に行き、いつ別館に帰ったかを把握しているに違いないからだ。

美しい本館からは全く想像できないようなじめじめと陰気な渡り廊下。

今から祖父の部屋に行くというのが余計に千代の心を憂鬱なものにする。

床も下品な緑色の防水塗料で分厚く塗りたくられており、やはり山からの蒸気と結露でじっとり濡れていた。

濡れた廊下にはカタツムリが透明の糸を引きながら這（は）いずっている。千代はそれを見て顔をしかめた。

濡れたガラス戸を押し開け別館に入ると、先に仕事をあがった仲居が二人、広間でくつろいでいるのが見えた。

しかしそれには目もくれず、千代は薄暗い廊下を進んでいく。

いつも通りの順路で祖父のいる部屋へと向かう。何も見ず、何も考えずにまっすぐに祖父の部屋へ。

２０４号の札が付いた重たい鉄の扉を押し開けると下駄箱と襖が待ち構えている。

「おじいちゃん……千代です」

当然返事は無い。なかば当てつけのように、あるいはある種の儀式のように口にするだけで、意味がないことはわかっていた。

返事がないのを確認してから千代は襖の前に正座して両手で襖を開く。

敷居を踏まないように跨ぐと盆を取り、すり足で祖父のそばに近づく。何遍も繰り返してきた千代の日常。

「おじいちゃん。ご飯よ」

そう言って幸男の方を見ると寝たままの状態で祖父は両目をカッと見開いて千代のことを凝視している。

糞便の臭いが充満する部屋で、吐き気を催しそうになりながらも、千代は食事の支度をする。

本来ならばまず汚物を綺麗にしたかったが、先に食事を済ませなければ幸男はおとなしくならない。

「あぁ……んぅ」

幸男は目と唸り声で早く寄越せと催促した。

それには取り合わずに千代は淡々と準備を済ませるとプラスチックのスプーンで流動食を口に運んでいく。

湿度と菌糸でねばつく畳、鼻を突く悪臭、流動食を咀嚼する音……

そのどれもが千代の心を蝕んで、まるでずぶりと腐り落ちていくような錯覚に陥らせる。

叫びたくなる衝動を押し殺せるようになったのは、どこかのタイミングで千代の中にあった何かが死んだからだろう。

老人用のおむつを交換し、汚物をビニール袋に入れる。感情は挟まない。

「あ……ムカデ」

すべての業務が完了し、やっと部屋を出ようとした矢先に、天井の端に季節外れの巨大なムカデがいることに気が付いた。

千代は満足して眠る老人に目をやる。心の奥底では噛まれてしまえと毒づいたが、噛まれて大騒ぎになれば責任を問われるのは自分だった。

がっくりと肩を落としてムカデに向き直る。

千代は掃除箱から箒を取り出してムカデを払おうとした。しかしムカデは箒が近づくのを察知して天井の隙間に逃げ込んでしまった。

千代は小声でそう吐き捨てると照明を消して祖父の部屋を出ていった。

「なんなのよ……!!」

＊

卜部は岩風呂の岩に座して微動だにしない。その隣では真っ青になった水鏡が震えていた。

山の夜は冷える。十一月ともなれば気温はゆうに一桁台だろう。

卜部は身体(からだ)を芯まで冷やすと今度は水鏡を連れて熱い湯に身体を浸す。

これで六度目になる。

水鏡は冷え切った身体を温泉で温めながら恨めしそうに卜部に問いかけた。

「腹痛先生……こんなこと、毎日してるんですか……？」

「ここの湯は気が強い。荒療治だが消耗した身体には使える」

卜部は薄く開いた目で闇と虚空の境界線を見つめながら質問には答えずに言った。

(絶対やってるよ……だから腹を壊すんじゃないかな……)

水鏡は心のなかでつぶやいた。

卜部はそんな水鏡の心を見通すかのように薄目で睨(にら)みつける。水鏡はおどおどした様子で卜部の顔を覗き込んだ。

「な、何でしょう……??」

「腹痛は霊障だ……」

水鏡があはは……と愛想笑いをしていると突然卜部が立ち上がった。

「出るぞ……」

「へ……?」

「急げ……!!」

かなめは気を紛らわすためにテレビを眺めていた。

画面には地方特有の見たことのない情報番組が映し出され、紅葉の見頃を報じていた。

しかしここがどこかも分からないかなめにとってはあまり有益な情報にはならなかった。

テレビのチャンネルをカチカチと切り替えていると、最終的に普段は見ない歌番組に落ち着いた。

流行りの男性アイドルグループを眺めながら、卜部がこれを見たらいったいどんな悪口を言うかと思うとなんだか可笑しくなってフフと笑った。

ザザザ……

一瞬テレビにノイズが走った。

山奥だからだろうか？

なんとなく嫌な感じがしてかなめはテレビの電源を切った。

一瞬で部屋は静けさに満たされる。遠くの川のせせらぎや、エアコンのモーターの唸る音が嫌に大きく聞こえる。

カーテンの隙間の暗闇や押し入れが妙に気になってしまう。

天袋から得体の知れない醜い何者かがこちらを覗いているような気さえする。

ふと目をやると床の間の掛け軸のあたりを何かが這っているのが見えた。

近づいて見るとそれは無数の足が生えた深緑の節足動物だった。

「なにこれ……気持ち悪……」

かなめはゾッとして後退りした。見ると机に手頃なパンフレットが散乱していた。

かなめはそれを棒状に丸めて構えると、そっと深緑の虫に近づいた。

虫は掛け軸の裏に入って行きそうな嫌な位置にいる。

かなめは逃してなるかという奇妙な正義感に駆られて慌ててパンフレットを振りかぶった。

「やめておけ」

気がつくと背後に立った卜部がかなめの手を摑んで虫を叩くのを静止していた。

「せ、先生!!」

「あれはミドリババヤスデだ。攻撃されると酷い臭いを出す」

「み、ミドリ??」

「ミドリババヤスデ」

卜部はゆっくりと繰り返した。

「とんでもない名前ですね……」

「噛んだり刺したりはしない。放っておけ」

かなめはコクリとうなずくと気になって尋ねた。

「虫、詳しいんですか……?」

「ガキの頃山で生活してた。ところで亀、何もなかったか?」

卜部は目を細めて部屋を見回す。

「亀じゃないです。かなめです! 特には……どうかしたんですか?」

「そうか……それなら構わない。どうやらまだ本調子ではないらしい」

卜部はそう言って窓際の机と椅子のセットに腰掛けるとタバコに火を点けた。

かなめもなんとなく向かいの席に腰掛けて卜部がタバコを吸うのを眺めていた。

するといつの間にか、先程まで感じていた不穏な気配は卜部が吐き出すタバコの煙とともに何処かに消えていくのだった。

「全く寝付けない」

かなめは神経が昂ぶって寝付けずにいた。

布団の右と左で揉めに揉めてじゃんけん大会になったのが二時間ほど前だった。

「そろそろ寝るか……」

卜部がボソリとつぶやいて寝室へと向かった。

かなめもドキドキしながらそれに付いていく。

「落ち着け。何もない。これは何でもないことなんだわたし……」

そう自分に言い聞かせていると卜部が左側の布団をめくろうとしている。

それはかなめが普段眠るときに向く方角だった。

つまりそちらに卜部が眠るとかなめは卜部の方を見ながら眠ることになる。下手をすれば向かい合って眠ることになる。

それはまずい。心臓に悪い。

「せ、先生!!　そっちはわたしの布団です!!」

かなめは慌てて大声を出した。

「なんでだ？　そんなのどっちでも関係ないだろ？」

卜部が驚いた様子で布団に手をかけたまま振り向いた。

「関係大ありです!!　風水みたいなもんです!!」

「風水だあ!?　お前いつからそんなの分かるようになったんだ？」

「風水なんてわかりません!!　風水は言葉のアヤです!!　それよりどっちでも良いなら替わってくださいよ」

かなめも必死で言い返す。ここは譲れない。

「どっちでも良くない。俺は左じゃないと眠れない質だ」

「わたしだって左じゃないと眠れない質です!!」

かなめは卜部が持っている布団の端の反対側を掴んで言った。卜部はそれを見てカッと目を見開く。

「布団をよこせ……」

「先生がよこしてください」

睨み合いの末、壮絶なじゃんけん三本勝負が行なわれた。両者一歩も譲らず、泣いても笑っても最後の五回戦を勝ち取ったのは卜部だった。

「まったく……大人げなく占いまで持ち出すんだから……」

かなめは天井を見ながらつぶやいた。チラリと横を見ると、卜部がこちらに背を向けて眠っている。

かなめは天井を見て眠るのが怖かった。目が慣れた薄暗闇の中では、天井の木目や染みが恐ろしい形や顔に見えてくる。

一度恐怖に取り憑かれると、今度は天井板の隙間から何か得体の知れないものがこちらを覗き込んでくる不吉な映像が脳裏をかすめる。

仕方なく、かなめは卜部の背中を見つめる格好になった。足を折りたたんで丸まりながら、卜部の後頭部を見つめているといつの間にか安堵と疲れが染み出してきてかなめは静かに眠りに落ちていった。

じめじめと湿気た畳の部屋に立っている。

歩くとねちゃぁと気持ちの悪い感触が伝わってくる。

何枚も何枚も襖を開き奥へ奥へと進んでいく。

奥へ進むに連れて異臭が漂い、それはやがて耐え難い悪臭へとかわっていく。

カリカリカリカリカリ……

奇妙な耳鳴りが聞こえる。

カリカリカリカリカリ……

耳鳴りが大きくなっていく。

引き返したい。

叫びそうになるのを抑えて襖を開ける。

逃げ出したい。

襖にかけた手がぶるぶると震えているのがわかる。

カリカリカリカリカリ

音が溢れる。

恐怖が高まる。

どくん　どくん　どくん……

自分の鼓動が聞こえる。

カリカリカリカリカリカリ

カリカリカリカリカリカリ

カリカリカリカリカリカリ

カリカリカリカリカリカリ

カリカリカリカリカリカリ

カリカリカリカリカリカリ

リリリリリリリリリリリリ

リリリリリリリリリリリリ

瞼を開くのと同時に目覚ましの音でかなめは目を覚ました。

寝汗でぐっしょりと濡れたかなめは荒くなった呼吸と激しく脈打つ心臓の音を聞きながらあたりを見渡した。

「ゆ、夢……?」

差し込んだ朝日が部屋に舞う小さな埃（ほこり）の粒にぶつかり、伸び縮みする空間が美しい。

夢で見た陰鬱な部屋とは似ても似つかない美しい客室に安堵すると同時に、疑問が湧き上がってくる。

「あれはいったい何処だろう……」

夢の中の空間は美しい旅館とは、かけ離れたイメージでありながらも無関係とは思えない。

それはまるでコインの裏表のように切り離すことが出来ない濃密な交わりを持つように思えてならなかった。

しかしかなめはその関係をうまく捉えることができない。

ふと隣に目をやると卜部の姿はなく、綺麗（きれい）に整えられた布団が冷たくなっていた。

かなめは慌てて起き上がり、服を着替え、卜部を捜す。

「先生⁉」

不吉な夢のせいでなんとなく不安な気持ちになったかなめは少し大きな声で卜部を呼んでみた。

しかし反応はない。

ますます不安になって部屋を飛び出そうとした時だった。

ザァーーーーーー

水の流れる音がした。

すると顔色の悪い卜部が個室から姿を現した。

「先生!!　いるなら返事してください!!」

かなめは安堵して卜部に抗議する。

「やかましい。こっちはそれどころじゃなかったんだ……」

目の下にクマをこしらえた卜部が、げっそりした表情で言う。

「お腹(なか)こわしたんですか……？」

かなめは恐る恐る尋ねる。

卜部はかなめを一瞥(いちべつ)するとわずかに頷(うなず)いた。

「飲み過ぎですか……？」

「霊障だ……(タブン)」

語尾は聞き取れないほど小さな声だった。

「え？」

「何でもない!!　行くぞ亀。朝飯のあと忌沼とやらを見に行く」

「やった!!　紅葉狩りですね!!　ちょっと待っててください!!」

かなめは夢のことも忘れて洗面台に向かうと朝の身支度を手早く済ませて卜部と部屋を出た。

「鈴木を呼んでくる。先に座敷に行ってろ」

かなめはラジャと短く敬礼して一階の座敷へと向かった。

「おい‼　鈴木‼　いるんだろ⁉　出てこい‼」

ちらりと振り向くと、まるで借金取りのように激しく扉を叩く卜部の姿が見えた。

階段の踊り場に差し掛かったころ、今度は受付の奥から悲痛な声が聞こえてくる。

「お母さん‼　話が違うじゃない‼　待ってくれるって言ったのに‼」

「若女将‼　旅館で大きな声出さないでちょうだい。お客様に聞こえるでしょ？」

「何がお客様よ‼　いつもそう‼　私の言うことなんて一つも聞いてくれないくせに‼」

「とにかく、今は声を抑えて。ね？　お願いよ？　もう夏男さんには来るように言っちゃったの。ね？　少し会うだけで良いから。ね？」

かなめは気まずい空気に困惑しつつ階段を降りると、ちょうど受付から飛び出してくる若女将と鉢合わせになってしまった。

「お、おはようございます」

かなめは咄嗟に挨拶した。

若女将の千代は目に涙を溜めて、小さく頭を下げると足早に去っていった。

かなめは若女将を気にしつつ座敷の窓際に位置する席に座って卜部たちを待っていた。

窓からは美しい紅葉に彩られた渓谷が赤々と燃えていた。

「綺麗でしょう？　今が一番見頃ですよ」

気がつくと女将の姿があった。

「はい。燃えるような紅葉ですね。とっても綺麗です!!」

かなめがにっこり笑って答える。

「まあ！　素敵な褒め言葉をありがとうございます。だけど地元ではまるで血のようだって怖がる方もいるんですよ」

女将はにんまり笑ってそう言った。かなめはそれにどう反応すればいいのか判断がつかず、ああ……と曖昧な返事になってしまった。

女将は頭を下げてどこかに行くと、それと入れ替わりでト部たちがやってきた。

「悪い。遅くなった」

こうして四人は旅館ならではの充実した朝食をすませて、紅葉の名所と名高い忌沼へと向かうのだった。

「忌沼にお出かけですか？」

エントランスを出ると初日にトラックに乗せてくれた坂東が愛想の良い笑顔で声をかけてきた。

「えへへ。ちょうど良いところに。よかったら忌沼まで送ってもらえませんか??」

水鏡がニコニコ坂東に近づいていく。

するとト部が水鏡の行く手を阻んだ。

「駄目だ。歩いていくぞ」

「ええー!? 腹痛先生、結構距離ありますよぉ!?」

水鏡は懇願するようにト部を見つめるが、当のト部はそんな水鏡には見向きもせず坂東に道を尋ねていた。

「よし。出発だ」

一行は旅館を出て小さな沢沿いの山道を歩いていく。とは言っても道は適度に整備されており進むことが困難ないわゆる難所のようなものは一つもなかった。

ところどころに企画された植林が黒々とした影を落とし、辺りにはヒノキのいい香りが漂う。

それはかつて栄えた林業の残り香とも言える。

打ち捨てられた亡骸(なきがら)のように見向きもされず暗い影を落とす彼らは、今や花粉症や森林破壊の原因と呼ばれて悪者扱いされる始末だ。

そんな植林地帯も先に進むにつれて姿を消していった。

旅館の前を流れていた小さな沢は、いつしか深い渓谷へと姿を変え、谷の両脇には緋色(ひいろ)に染まった紅葉が赤々と燃えては命を散らしている。

それは確かに血を流したような赤で、緋色と呼ぶのが相応(ふさわ)しかった。

澄み渡った晩秋の青空がより一層、緋色を引き立てている。

美しい景色に目を奪われた一行は声を置き忘れてきたかのように無言で歩いた。

ふとかなめは渓谷を覗き込み息を呑む。

渓谷の底に翡翠色の一匹の龍が音もなく泳いでいた。

泳ぐ龍に磨かれて、角を失い真っ白になった巨石が、時折龍の体を二分する。

二股に割れた龍は再び合流し、また分かたれ、それを繰り返しながら一行を彼の地へと導いていく。

轟々と流れる水音は反響し、ぶつかり合い、断崖に染み渡り、やがて何も聞こえなくなる。

全ての音を呑み込む轟音がもたらす静寂。

「すごい……」

かなめは足を止めて思わずつぶやいた。

そんなかなめを卜部は背後から静かに見つめていた。

渓谷を抜けてとうとう一行は件の沼へとたどり着いた。

そこは忌沼という不吉な名には、まったく似つかわしくない美しい湖沼だった。

淡いエメラルドグリーンの水が満たされた丸い沼の周りに真っ赤な紅葉が立ち並び、それが水面にぐるりと映り込む様はまさしく絶景だった。

「先生……こんな綺麗な場所があるんですね」

かなめは卜部の袖を引きながら言う。

しかし卜部は目を細めて水辺を見るばかりで何も言葉を発さなかった。

「卜部先生。かなめさん。水鏡がなにやら呼んでおります」

二人は顔を見合わせると翡翠に連れられて水鏡のもとにやってきた。

「じゃじゃ～ん!!」

水鏡はそう言ってポラロイドカメラを取り出した。

「この日のためにカメラを用意しました!!　ささ!!　みんなで記念撮影しましょう!!」

そう言って水鏡は三人を忌沼の前に立たせてカメラを構えた。

「ちなみに、あれは取材のときにいつも使うテレビ局のカメラです」

翡翠が冷ややかな笑みを浮かべて水鏡を見つめる。

「あ、あっれー!?　そうだったかな？　と、とにかく撮りますよ……」

パシャ……ジーーーーー。

カメラの底部から現像された写真がゆっくりと出てきた。

かなめと翡翠がそれを楽しそうに覗き込む。

そこには苦虫を嚙み潰したような表情の卜部、笑顔で抱き合うかなめと翡翠……

そして

血のように赤い忌沼が写っていた。

真っ赤に染まった写真の中の忌沼を見つめてかなめは固まっていた。横を見ると翡翠も表情が強張っている。

「ふん……まるで血染めだな」

写真を覗き込んだ卜部が冷ややかに鼻で笑った。

「せ、先生!! 一体これは……?」

「さあな。紅葉の写り込みか何かだろ?」

何となく気味が悪くなって忌沼に近付けずにいるかなめ達をよそに、卜部は水辺に向かってずんずん進んでいく。

「ま、待ってください!!」

慌ててかなめが追いかけると、卜部は木の棒を拾って何やら水面を覗き込んでいる。

「何してるんですか?」

「魚を獲るんだよ……」

「魚ですか……?」

卜部は靴と靴下を脱いでバシャバシャと水に入っていく。かなめも真似して水に足を浸けると、そこは氷のように冷たかった。

「ひぃいいいい!! 冷たっ!!」

すぐさま陸に上がるかなめをチラリと見て卜部が意地悪に口角を上げる。

「あー!!　今馬鹿にしましたね!?」

そう言ってもう一度挑戦するもやはり冷たい水に耐えられずかなめは翡翠と一緒にその様子を眺めていた。

「鈴木……お前も入れ……!!」

卜部に睨(にら)まれた水鏡は泣きそうな表情を作って同情を誘う。

「無理ですよぉ……僕はそういうの無理ですってぇ……」

翡翠がすかさず流木を拾い上げて水鏡に手渡す。

「どうぞ」

「冴木くんはどっちの味方なのよ……?」

にっこりと微笑(ほほえ)む翡翠に観念して、水鏡は流木を受け取り冷たい忌沼へ足を浸す。刺すような冷たさに思わず汚い叫び声が上がった。

「のぉあああああ!!」

「黙れ!!　魚が逃げる!!」

こうして大の男が二人揃(そろ)って棒を片手に魚を探して浅瀬を歩き回る姿をかなめと翡翠は眺めていた。

「魚ぁあああ!!」

突如卜部の叫び声と水を叩く音が響いた。

見ると靴ほどの大きさの美しいニジマスを掴んだ卜部が満面に笑みを浮かべている。

「わあ!! 凄い!!」

かなめと翡翠の拍手で我に返った卜部は、バツが悪そうにいつも通りのしかめっ面に戻って陸に上がってきた。

「これどうするんですか??」

かなめが期待の眼差しで魚を見ていることに気付き卜部が言う。

「言っとくが食うんじゃないぞ……?」

かなめは残念そうに魚を見つめながら膝を抱えて言った。

「じゃあどうするんですか……?」

「お捧げするんだよ」

卜部はそう言って小さなナイフを取り出すと手際よく血抜きをし、内臓も抜いてしまった。

「誰にお捧げするんですか……?」

かなめは膝を抱えたまま卜部に尋ねる。

「忌沼の主だ」

かなめはその時卜部の目の色が変わったのを感じ取った。

先生は本調子でないと言いながらもすでに進むべき道筋を知っているのだ。そして独りでその道を歩いている。

急に背筋が伸びるような気持ちがした。

ついつい旅行の熱に浮かされて自分の立場を見失っていた。

わたしは先生の助手なのだ。先生に助けられるばかりで、先生を手助けできなければ、一体何のための助手だというのだろう？

先程までの秋晴れが嘘（うそ）のように忌沼の彼方（かなた）から暗雲が押し寄せてくる。遠雷の響きに耳を傾けながら卜部は言う。

「行くぞ。雨が来る」

魚を大事そうに抱えて卜部はもと来た道を歩き始めた。

「先生！　沼の主にお捧げするんじゃないんですか⁉」

かなめが慌てて尋ねた問いかけに卜部は立ち止まることなく答える。

「ああ。来る途中に祠（ほこら）があっただろ？　そこに供える」

祠？　そんなものがあっただろうか？

かなめは記憶を辿（たど）るが祠の存在には辿り着かない。

そんなことを考えていると雷様の唸（うな）り声が腹の奥底にまで響き始めた。

雷様はどんどん近づいてきている。急いだほうがよさそうだ……

一行が帰路を急いでいると突然卜部が立ち止まった。かなめが覗き込むと、そこには苔むした石積みの残骸が打ち捨てられていた。

卜部は崩れた石積みを積み直していく。まるで本来の姿を知っていたかのように。

「痛っ」

卜部が咄嗟に手を引いた。

すると持っていた石の下から黒々とした一匹のムカデが這い出してきて、落ち葉の下に消えていった。

「嚙まれたんですか⁉」

慌てるかなめを制して卜部は作業を続ける。

「問題ない。温泉にでも浸けていれば腫れもすぐ引く」

壁が積み終わったがどうやら屋根にあたる部分は風化してなくなってしまったらしい。

卜部は近くに生える手頃な山椿の若枝を集めて簡易の屋根をこしらえた。

シダの葉の上に先程の魚を置き、出来たばかりの祠に供えると、卜部は二礼二拍手一礼して祠から後ずさった。

それと同時に稲妻が空を走り、雷鳴が響く。

ビクッとして一同は自然と頭を低くする。

雷鳴を合図に、先程まで天空に留められていた大粒の雨が音を立てて降り注いできた。

「ぎゃああ!!　もう済んだならさっさと帰りましょう!!」

水鏡が叫んで駆け出す。翡翠はかなめの方を見て頷いてからそれに従う。

「先生!!　わたし達も急ぎましょう!!」

卜部はチラリと祠に視線を落としてからかなめの後に続いた。

ちょうどそのころ忌沼旅館では千代が俯いたまま席についていた。

向かいには見るからに気の利かなそうな男が気色の悪い笑みを浮かべて千代を観察している。

「ほら。千代ちゃん！　せっかく夏男さんがいらしたんだから、笑顔笑顔!!　この娘ったら緊張してるの？」

女将の千鶴がそう言うのを聞き、夏男はへへっと頭を下げながらもガラス玉のような目で千代を観察し続けている。

夏男の佇まいは、まるっきり小学生の男子が姿形だけ大人になったようなものだった。

それでいて旺盛な性欲は丸出しで先程から無遠慮に、まるで値踏みするように、千代の曲線を凝視している。

そのことに気付かないふりをしながらも、千代は寒気を催し、鳥肌が全身に広がった。

「助けて……百々くん……」

心のなかで千代がつぶやく。

すると千代の願いが通じたのか、音を立てて扉が開き、千代の恋人、松永百々が息を切らして現れた。

雷鳴が響き激しい雨が屋根や窓を打つ音が部屋に木霊する。

「百々くん!!」

千代は思わず立ち上がった。

「千代ちゃん……！　遅くなってごめん。お母さんお話があります」

松永百々は夏男の方には見向きもせずに千鶴の目を真っ直ぐに見据えて言った。

「あら松永くん！　大きくなったわね!!　せっかく来てくださって申し訳ないんだけど、今は夏男さんと大事なお話をしてるの」

千鶴は微塵も笑顔を崩さずに松永の目を見つめて言う。

「それは結婚の話でしょうか？　残念ですが、千代さんはすでに僕と結婚の約束をしています」

そう言って松永百々は千代の手をとった。

千代は百々の横顔に目をやると、頬を紅くそめてサッとうつむいた。

百々の真剣な眼差しと自信に満ちた声に千代は惚れ惚れしながらギュッと百々の手を握りかえす。

ああ。百々くんの声。もう怖くない。

そんな二人を見て千鶴はぽかんと口を開けたかと思うと大声で笑い出した。

「あっははは……はぁー……あっははははは」

百々は怪訝(けげん)そうな顔で千鶴を見据える。

千鶴は涙を拭いながら言った。

「おかしなこと言って!!　結婚の約束？　何を言ってるのよまったく」

千鶴は奥の引き出しへと向かった。

「僕たちは本気です。この旅館も今日限りで出ていきます」

「百々くん!!　それ本当!?」

千代は目を輝かせて百々を見つめる。

「ああ。段取りは付いてる。これからはずっと一緒だ」

千代は目に涙をいっぱいに溜(た)めてコクリと小さく頷いた。

「無理なのよ。そんなことは」

千鶴が戻ってきて言った。

「千代さんはもう大人です。自分で決める権利があります」

松永は鋭い目で千鶴を睨みつけた。

「ふふふ。だから無理なのよ。いくら怖い顔をしても無意味なの」

そう言って千鶴は一枚の紙を机に出した。それは千代と夏男の婚姻届だった。

「もうこの二人は夫婦なのよ？　今日はいつから一緒に暮らすかの相談」

「私こんなの書いてない!!　こんなの無効よ!!」

千代が机をバンと叩いて叫んだ。

千鶴は千代にそっと近づくと、千代を抱きしめ背中をぽんぽんと叩いて耳打ちした。

「じゃあ……婚約者の百々くんに御務めをしてもらいましょうか……？」

それを聞いた瞬間に千代の表情がこわばり血の気が引いていく。

「どう？　そうする？　大好きな人にしてもらう？」

千鶴は千代の肩に手を置いて首をかしげておどけるような素振りを見せた。しかしその眼は冷酷な色を浮かべている。

千代はわなわなと震えながらしばらくの間うつむいていた。

「千代ちゃん……？」

松永が千代を覗き込む。

「めん……な……さい」

「え？」

「ごめんなさい……松永さん……私行けない」

「そうよね!!　千代ちゃん!!　夏男さんと一緒になるんですものね！　松永さんごめんな

さい。そういうことだからお引き取り願えます？」

「待ってください!!　こんなのおかしいでしょ!?　千代ちゃん!!　一体何言われたの!?　僕は大丈夫だから!!　話してよ!?」

「ごめんなさい……今日は帰って……」

「でも…」

「帰って!!」

そう泣き叫んで、千代は松永百々を出口まで追い返した。

千鶴は満足げにそれを見届けると夏男の方に振り返った。

千代は千鶴が夏男の方を向いた隙に殴り書きのメモを松永百々に手渡して囁いた。

「私を信じて」

千代はそれだけ言うと涙を溜めた瞳で松永の顔を見つめてそっと扉を閉めた。

一行がずぶ濡れで旅館にたどり着くと険しい表情の男とすれ違った。男は目も合わさずに乗ってきていたライトバンに乗り込むとどこかに行ってしまった。

かなめは何となく気になって走り去るライトバンを目で追った。

「おい。さっさと入るぞ」

「あっ……はい」

ふと見上げた旅館からは何やら陰鬱な気配が漂っている。明らかに今朝までとは異質な気配にかなめは身震いした。

「先生……これって大丈夫なんでしょうか……？」

「さあな……とにかく入るぞ」

四人はとりあえず冷え切った身体(からだ)を温泉で温めることにした。

温泉に向かう途中、女将が水鏡を呼び止めた。

「水鏡様!! お車の保険会社の方からお電話が入っております」

「腹痛先生、先に行っててください」

水鏡はそう言って受付にある黒電話に走っていった。

「はい。はい。えぇ？ そんなに？ 困りますよ……」

水鏡の話し声に不穏な気配を感じながらも卜部達は温泉へ進んでいった。

「あ！ 男女が逆になってますね！」

かなめが入れ替わった暖簾(のれん)を指さして言った。

「ほう。ゆうべの女湯はどんなだったんだ？」

「中は檜風呂と薬草湯でしたよ。外は岩風呂です。男湯はどうでしたか？」

「普通のタイル、あとは電気風呂と打たせ湯、それと露天風呂だ。じゃあな」

そう言って卜部は暖簾をくぐった。

「わたし達も行きましょう！」

かなめと翡翠も暖簾をくぐり温泉へと向かい、しばらくすると寒さに震えた水鏡も卜部の後を追って暖簾をくぐった。

＊

長年この旅館で働く仲居の一人である幸恵（さちえ）は半狂乱で女将に向かって叫んでいた。

「先代が……先代の……幸男さんが……し、し、しぃいいい……」

「落ち着いて幸恵さん。幸男さんがどうしたの？」

千鶴が背中を擦りながら尋ねる。

「幸男さんが死んでます!!」

その場に居合わせた二人の従業員と女将の表情がこわばる。

「幸（さっ）ちゃん。確かなのかい？」

板前の三谷（みたに）がそう言うと、幸恵は激しく首を縦に振った。

「す……すごい臭いがして……ど、どどうしたんだろうって、おぉ思ったら……」

そう言って地面にへたり込むと、幸恵は泣きながら別館の二階へと続く階段を指さした。

もう一人の仲居の妙子（たえこ）を幸恵のそばに残して、女将の千鶴と板前の三谷は幸男が眠るはずの204号室へと向かった。

階段の手摺(てすり)に手をかけると、湿気(しけ)てねちゃっとした気持ちの悪い感触がする。

女将は顔をしかめつつ二階へと急いだ。三谷も同じことを思ったようだった。

二階に着くとすでに廊下には腐乱した獣のような悪臭が充満していた。

「うっ……」

思わず三谷は鼻をつまむ。

「行きましょう……」

女将は先頭に立って204号室のドアノブに手をかけた。

金属製のノブを回し扉に隙間が開いた瞬間。

その隙間から大量の蝿(はえ)が羽音を立てて飛び出してきた。

「きゃあああああ‼」

思わず女将は腕をデタラメに振り回して蝿を追い払う。

三谷は顔を腕で隠しながら、女将の横を通り過ぎると扉を開けて中に入った。

強くなる悪臭に顔を歪(ゆが)めながら、三谷は勢いにまかせて幸男の眠る部屋に続く襖(ふすま)もバンっと開いた。

「うわぁあああああああ」

三谷は叫び声をあげ、尻もちをついて後ずさる。

「三谷さん!!」

女将(おかみ)は慌ててかけよると、三谷の肩を押さえた。

「あ、あれ……あれ……!!」

尻もちをついたままの三谷が襖の奥を指差す。

女将は三谷が指差す襖の奥に、ゆっくりと目をやった。

そこには蛆(うじ)やムカデなど無数の蟲(むし)にまみれた幸男がいた。

死んでいるはずの幸男は首だけを起き上がらせてこちらを睨(にら)みつけると大きく口を開いて何かを伝えようとした。

コポ……コポっ……ごっぱああああぁあ。

幸男は言葉のかわりに大きな血の塊と無数の蟲(むし)を吐き出すと、ぐしゃと音を立てて蟲の海に頭を沈めた。

「ありえないありえないありえないありえない」

女将は部屋を出てからずっとぐるぐると回りながらつぶやいている。

「女将!!　警察と救急車を!!」

しびれを切らした板前の三谷は女将の千鶴に向かって大声をだした。

女将は立ち止まると三谷を睨みつけた。あまりの形相に三谷は言葉を呑(の)み込む。

「わかってるわよ!!　そんなのは後でいくらでもできる!!　それより先代が死ぬなんてあ

りえないのよ!!」

女将は叫んでそう言うと親指の爪を噛みながら一階へと向かった。

三谷も慌てて後を追った。こんな場所に独り残るなんて耐えられやしねぇ……

女将が戻ってきたのを見て幸恵と妙子の顔にも緊張が走った。

「お、女将……どうでしたか……？」

震える幸恵に代わって妙子が尋ねた。

「死んでたわ」

女将は感情の籠もっていない声でそう言うと、妙子に警察と救急に電話するように指示を出す。

妙子は黙って頷くと本館へと伸びる渡り廊下へ駆けていった。

「三谷さん。従業員を集めてちょうだい。幸恵さんもしっかりして。実の親が死んだわけでもなし……いつまでも座ってたら邪魔よ!!」

女将の剣幕に幸恵はコクコクと頷くとふらつきながらも立ち上がった。

三谷が他の従業員を呼びに本館へ向かうと、妙子が血相を変えて戻ってきた。

「妙子さん電話は済んだんですか？」

女将が尋ねる。

「そ、それが……電話が繋がらないんです……」

ええぇ!?　と苛立った声を上げて女将は妙子を睨みつけた。

「まったく!!　自分でかけます」

千鶴はドタドタと受付の黒電話まで駆けていくと受話器を取った。受話器からは話し中を告げる電子音がツーツーと聞こえるばかりだった。

「なんなのよ!!」

女将は厨房に走っていくと、つまみ食いしていた庭師の坂東に向かって怒鳴った。

「坂東さん!!　こんな時に何つまみ食いなんかしてるんですか!?　たった今先代が死にました!!　電話が通じないの!!　すぐに山を下りて警察と救急車を呼んできて頂戴!!」

「ぬあああい」

坂東は口いっぱいに食べ物を詰めたままモゴモゴと返事をして慌てて勝手口から外に出て行った。

軽トラの走り去る音を聞きながら女将は頭を抱えてつぶやく。

「どうしましょうどうしましょうどうしましょう」

唐突に思い立って千鶴は再び別館へと向かって走っていった。

温泉から上がるとどうも従業員達が騒々しい。

一流旅館たる威厳は従業員の引きつった愛想笑いとともに崩れつつあった。

卜部達四人が慌ただしい雰囲気を感じつつも搾りたて牛乳で一服していると仲居の一人がツッと近寄ってきて頭を下げた。

「誠に申し訳ありません。ただいま電線か何かのトラブルで電話が使えない状態になっております。水鏡御一行様には復旧までご不便をおかけいたします」

それだけ言うと仲居はそそくさとどこかに去っていった。

「俺は部屋に戻るぞ。多分この様子じゃ晩飯は期待できないだろう……」

卜部はボソリとそう言うと部屋に戻っていった。

水鏡は卜部の背中を笑顔で見送りながらホッと胸を撫で下ろしていた。

「ふぅ……おっかない腹痛先生が行ったところで!!　宴会場でカラオケでもしちゃいますか!?」

水鏡は両手の人差し指でピストルの形を作りかなめに向けてウインクした。

すると翡翠がその指を摑んで捻り上げた。

「アアタタタタ!!　痛い!!　冴木くん!!　指折れちゃうっ!!」

「先生は大事なお仕事がおありの筈です。カラオケは私とかなめさんの二人で楽しんできますので」

翡翠は捻り上げた指を一向に緩める気配を見せずにゾッとするような笑みを水鏡に向けた。

「わわわわ!!　分かりました!!　分かったから!!　指を!!　指を離して!!」

解放された水鏡は指にフーフーと息を吹きかけながらも、自販機に映った自分の姿をチラリと確認した。

かなめと翡翠はその様子を見て肩をすくめるのだった。

＊

坂東は土砂降りの山道を軽トラで登っていく。

忌沼温泉旅館はちょうど二つの連なる山の谷に位置していた。

それゆえ、人里に向かうためには一度山を登り、再び下ることになる。

急がにゃならんのに雨で視界が悪い……

まったくこんな季節外れの土砂降りの日に亡くなることもないだろうに……

そんなことを考えながらも、慣れた山道を進んでいると視界に一匹の蝿が飛び込んできた。

坂東はそれを片方の手で払った。しかし蝿はその手を掻い潜(くぐ)ってしつこく坂東の顔に纏(まと)わりついた。

「鬱陶しい蝿じゃなあ!!」

蝿を払った拍子に、林の中の人形たちに目が留まった。

人形たちはあんな向きを向いとっただろうか……？

奇妙なことにボロキレで作られたずぶ濡れの人形たちは一様に斜め前の一点を見つめていた。

「しまった……!!」

虫の知らせが来て咄嗟にブレーキを強く踏んだ。

けたたましいブレーキ音を立てながらタイヤはぬかるみでスリップする。

小さくゴツンという衝撃があった後、坂東は恐る恐る目を開ける。

見ると檜の巨木が電線を巻き込み倒れていた。

「ありゃあー。こいつで電話線がイカれちまったんだな……」

そうつぶやいて、命拾いしたことを神仏に感謝していると、またしても蝿が顔の周りを飛び回った。

「こいつめ!!」

バチン……

坂東はフロントガラスに止まった蝿を素手で叩き潰した。

手についた蝿を拭おうとした瞬間、地響きが起こりバキバキと木の折れる音が鳴り響いた。

えっ……？

断末魔の叫びを上げる間もなく、土石流は坂東をトラックごと谷底に消し去ってしまった。

それと同時に忌沼温泉旅館から明かりが消えた。

かなめと翡翠が小さなカラオケルームで盛り上がっていると何の前触れも無く旅館の明かりが消失した。

突然の暗闇に二人は狼狽（ろうばい）したが、壁に備え付けられた懐中電灯が発光して、自らの存在を知らせた。

「停電ですかね……？」

懐中電灯を手にとってかなめが言った。

「そのようです……かなめさんは卜部先生のところに戻ってください」

翡翠はそう言うと手探りで鞄（かばん）からペンライトを取り出した。かなめは翡翠のペンライトを感心したように見つめていた。わたしもペンライト買おう……

カラオケルームの外に出ると非常灯が足下を頼りなく照らしていた。非常灯の届かない天井や廊下の奥では、音もなく闇が蠢（うごめ）いている。

かなめは蠢（うごめ）く闇を見つめてゴクリと唾を呑む。翡翠もただならぬ気配を感じ取っているようで、凛とした立ち姿が微かに震えているように見えた。

「とりあえず部屋に行きましょう！」

こうして二人は部屋を目指して歩き始めた。

明かりの消えた館内で従業員たちは女将を捜し回っていた。

「お、女将が何処にも見当たりません……」

仲居の幸恵と妙子がうろたえた様子で板前の三谷に報告した。

「一体どうなってるんだよ……」

三谷は頭を掻きむしってつぶやく。

「そうだ!! 若女将は!?」

三谷の問いかけに二人は首を横に振った。

「まったく……とにかく二人は女将と若女将を捜して。僕はお客様に頭を下げに行ってくるから……」

そう言って三人は散り散りに動き始めた。

館内が騒然とする中、卜部は自室の窓際に座って禅を組んでいた。

部屋に帰ってからかれこれ一時間ほど自身が持つ特殊な感覚を広げて館内の気配を探っ

ていたが、探れども探れども核心には届かない。

それどころか邪悪な靄のようなものが濃くなっていくばかりだった。

となると……

やはりこっちか……

卜部は無意識に、あるいは意識的に避けていた方向へと感覚を展開していく。そこには別館へと続く渡り廊下があることを卜部は知らない。

擬似的に作り出された重たい鉄の扉を開こうと、取っ手に手をかけた瞬間。

激しい痛みがこめかみを貫き、卜部の感覚が寸断される。

たまらず頭を押さえて唸(うな)っていると、扉が開く音がした。

「先生!! どうしたんですか!?」

バタバタとかなめが側に駆け寄ってくる。

「なんでもない……」

卜部はそう言って立ち上がると窓際に置かれた丸椅子に腰掛けた。

かなめは卜部の向かいの丸椅子に腰掛けて卜部に尋ねる。

「気が空っぽで調子が悪いんですか？」

「いや。気が空っぽってのは語弊があったな。正確には限りなく陰に偏ってる状態だ」

「陰にですか……」

「ああ。邪神を抑えつけるのに陽の気を大量に持っていかれた。それこそ俺が普段からコツコツ積んできた徳までほとんど持っていかれた……」

おかげで肉は食べ放題だったわけだが……卜部はやれやれといった様子で続けた。

「陰に対抗するには基本、陽の気を使う。その陽の気が空っ穴ってことだ」

「それって大変じゃないですか⁉ 陽の気はどうやったら戻るんですか⁉」

かなめは思わず立ち上がった。

「不幸中の幸いはここの温泉だな。多少気が戻った。それに……」

「それに……？」

「外法だがより強力な陰で、相手の陰を呑み込む方法もあるにはある……」

薄暗い部屋の中、卜部の顔に闇よりも濃い影が差したような気がした。

「それって危険な方法なんじゃ……？」

卜部は否定も肯定もせずに窓の外を眺めている。激しい雨が窓を叩く。

「そんなのダメです……‼」

かなめは今にも泣き出しそうな声を絞り出す。

チラリとかなめの方を見て、卜部はやれやれと首を振って言った。

「大丈夫だ。心配するな。占いの結果も悪くない」

「どんな結果だったんですか……？」

かなめはおずおずと尋ねた。

「俺の結果が地火明夷。まあ困難でも明けない夜はないってことだ」

「何ですかそれ。じゃあわたしのは？」

かなめは少し呆れたように笑って言った。

「雷水解。行動すれば困難が解消する。南西の方角が吉」

「南西が吉……」

かなめはなぜかそれが頭に引っかかった。しかし答えは出ない。

「ま。どっちの象意も困難の後に幸いありだ。正道を保てば自ずと道は開かれる」

かなめはコクリと頷いた。

ちょうど同じ頃、別館で地獄の扉が開く音がした。

卜部の首筋にチクリとその気配の片鱗が届いたが、卜部は目を閉じて黙っていた。

コンコン……

扉をノックする音が聞こえた。

「はい？」

想定外の出来事にかなめは間の抜けた声を出した。

「当館で板前をしております。三谷でございます。この度の停電でお客様には大変ご迷惑をおかけしております。只今そのお詫びに回っております」

かなめが扉を開くと駒付きのワゴンの隣に三谷が立っていた。

三谷はワゴンに載った高級そうな和菓子の包をかなめに手渡して深々と頭を下げた。

「誠に申し訳ございません。まだ復旧の目処がたっておりませんのでもうしばらくお待ちください」

「いえいえ！　早く直ったらいいですね！」

かなめが呑気な返事をしているといつの間にか卜部が隣に立っていた。

「おい。どこかに連絡はついたのか？」

卜部の鋭い視線が三谷を捉えた。三谷はゴクリと唾を呑む。

「そ、それが、随分前に庭師の坂東さんが出ていったんですが、一向に戻らんのです……」

バツが悪そうに答える三谷には目もくれず卜部はワゴンに残った二つの包を指さした。

「俺達以外にも客がいるのか？」

「水鏡御一行様以外にも、おひとりだけ三階の部屋にお泊りになられてます」

三谷はもう一度深々と頭を下げて水鏡達のいる隣の部屋へと向かった。卜部はそんな三谷の背中越しに最後の問いを投げかける。

「ここには別館か何かあるのか？」

空気が張り詰める。

顔は見えずとも三谷の後ろ姿から緊張と狼狽が伝わってきた。

「ええ。私共、従業員の寄宿舎があります」

三谷は振り向くこともせずに機械的な返事をした。

「そこには何がある……？」

嫌な静けさが廊下を満たす。

「何も……」

三谷は振り向いて一礼すると水鏡達が泊まる麒麟の間の扉を叩いた。

ト部はそれ以上追及すること無く、かなめとともに部屋に戻ると高級和菓子の封を切った。

「食っとけ。次はいつになるかわからん……」

＊

夏男は頭にヘッドライトを装着して熱心に机に向かって作業していた。

集中すると周りが見えなくなる上に、時々舌を出して口角を舐めるのがこの男の癖だった。

コンコン……

ノックの音がしたが、夏男は振り向かない。

眼の前に並べられた獲物を美しく磔にすることが今の彼には最優先事項だった。

コンコン……

甲虫の薄い羽を剝き出しにする作業には細心の注意が求められた。

それを邪魔する何者かが意識の外で音を立てている。と男の無意識が警告を発する。

コンコン……

「あああああああもぉおおおおおお!!」

夏男はいきなり立ち上がるとドスドスと足音を立てながら扉に向かった。

「誰えぇえ!? 僕に一体なぁんの用なのっ!?」

「停電で大変ご不便をおかけしております。謝罪のしるしにお納めください」

三谷は淡々と和菓子を渡す。夏男は先程までの勢いが嘘のようにもじもじとそれを受け取ると、扉の隙間から中に引っ込み凄い勢いで扉を閉めた。

夏男は中断した標本作りに再度取り組もうとしたが胸の中がモヤモヤとしてそんな気になれなかった。

仕方なくイライラを落ち着かせるために、頭を搔き毟りながら部屋をぐるぐると歩き回っていると天井の隅に一匹のムカデを見つけた。

「かっこいい……」

夏男は椅子を持ち出してその上に立つと、ムカデを捕らえようと手を伸ばす。

夏男の口角をぺろりと舌が這った。

＊

山の陽は短い。谷間に位置するこの場所ではなおさらだ。

停電も通信も回復の目処が立たぬまま、忌沼温泉旅館に夜がおとずれようとしていた。

夜の闇は庭園の方から静かにやって来きた。

普段はライトアップされて美しい庭園は死んだように静まりかえっている。

夜の闇は屍肉に群がる蟲のように庭園をじわじわと蝕んでいった。

闇は庭園を食い尽くすと次なる獲物を求めて建物に触手を伸ばした。しかし仄かな非常灯の明かりに阻まれてうまくいかない。

しかし狩人は慌てること無く物陰の暗がりや、明かりの死角に身を潜めて、静かに獲物が通りかかるのを待つのだった。

仲居の妙子は別館で女将を捜していた。確かに渡り廊下へ向から女将を見たように思ったからだ。

しかし捜せども捜せども一向に女将の姿は見つけられなかった。

残るはとうとう先代の死体があるという二階だけである。

流石(さすが)に死体の側に居るはずがないと避けていたが、トイレも休憩所も部屋も隈(くま)なく探し回った後となっては避けるわけにもいかず、先程から階段の前でこうして立ち尽くしているのだ。

そうだ……

「おかみー!! おかみー!!」

妙子は大声で呼びかけた。

我ながら二階に行かずに済む最適な方法を思いついたと誇らしい気持ちにさえなる。

「おかみー!? いませんかー!?」

これで反応が無ければ戻ろう。そう思った矢先のことだった。

バン……バン……

扉を手の平で叩(たた)くような音が聞こえた。

「おかみ……?」

ここで女将に何かあっては自分の落ち度になって困ったことになる……

妙子は嫌な予感を覚えつつも、狭い人間関係の中で確立してきた、自らの立ち位置を守ることを優先した。

　手摺に手をかけるとなんとなくぬるぬるした感触がして気持ちが悪い。

　妙子はあからさまに嫌な顔をして前掛けで手を拭うと手摺には触れずに階段を上っていった。

　階段はじっとりと濡れており滑りそうで怖かったが、気持ちの悪い手摺に触れるほうが嫌だった。

「おかみー⁉　大丈夫ですかー⁉　ひいいぃいいいっ⁉」

　踊り場を過ぎるとその光景に息を呑んだ。

　壁に無数のカタツムリが這っているのだ。

　結露だろうか？　濡れた壁からは雫が垂れ下がり、水を得たカタツムリは目一杯首や目玉を伸ばして蠢いている。

「なにこれ……？」

　呆気にとられて見ていると再び音が聞こえた。

　バン……バン……

　我に返って階段を上り始める。

「気持ち悪……」

　カタツムリを避けるように手摺側を上る妙子の目線が二階の床と平行になったころ、奇妙な物が見えた。

赤茶けたヒトガタの何かが手を振り回している。

バン……バン……

204号室の扉から上半身だけを突き出す形で、ヒトガタはバタフライでもするかのような格好で腹這い(はらば)で腕を振り回していた。

バン……バン……

それが不規則に地面にぶつかったタイミングでこの物音は発生していたらしい。

バン……バン……

「おかみ……？」

そうつぶやいた瞬間しまったと思った。

アレが女将な訳がない!! 間抜けなことにありえない状況に呑まれて思わず口を衝(つ)いた言葉だった。

妙子の声に反応した化け物はゆっくりと首を曲げる。

目の位置に空いた二つの暗い穴が妙子を見据えた。

皺(しわ)だらけの干からびた肌は得体の知れない粘液で濡れている。

動きの遅い化け物を刺激しないように妙子はそっと後ずさった。

その時だった。

天井に張り付いていた巨大なヤマビルが妙子の首筋に落下した。

「きゃあああああああああああ!!」

突然得体の知れない感触に襲われ半狂乱になった妙子は濡れた階段で足を滑らせると真っ逆さまに暗闇の中に落ちていった。

ごとん……

鈍い音の後に彼女が動く気配は無い。

ただパキパキという小さな物音と、何かを啜るような気味の悪い音だけが別館の暗がりの中に溶け出していた。

卜部はくしゃくしゃの髪をかき上げた右手を後頭部でピタリと止めた。

窓の外の闇を睨みながら卜部はそのままの姿勢で固まっている。

「先生どうかしたんですか……？」

かなめが尋ねた。

「一人やられた……」

「え？」

「こっちに来い」

卜部はポケットからラークの箱を取り出すとそこから一本つまみ出して火を点けた。

ほのかに甘いタバコの香りが煙となって立ち上る。

卜部は人差し指と中指の根本でタバコを挟むと、その手で口を覆うようにしてタバコをふかした。

「いいか……よく聞け。これからここで起こるのは今までみたいな霊体相手の事件じゃない……今回の怪異は実体を持っている……」

「それってどういう……？」

卜部は窓の外を見つめたまま白い煙を細く吐き出し答えた。

「強力な呪物が直接殺しにくるってことだ……」

いつのまにか卜部の顔から遊びが消えていた。

いつものどこか余裕のある表情から一変して、今の卜部の表情は氷のように冷たい。

一人やられた……

かなめは卜部のその言葉から、悲しみや怒りにも似たやり切れなさを感じ取っていた。

いつも自分にとって何の益にもならないような危険な依頼を受けるのは卜部が言う個人的な衝動ゆえなのだろう。

その個人的な衝動が何なのかはかなめにもわからない。

けれども、卜部の個人的な衝動は、いつでも結果的に誰かを助けることになるのをかなめは知っていた。

それだけにやり切れなさを滲ませる卜部の横顔がかなめには辛かった。

先生のせいじゃない……そう言ったところで卜部が自分自身のことを赦さないだろうこ

とは分かっていたが、かなめは怒られるのも覚悟でつぶやいた。

「先生のせいじゃないと思います……」

卜部は少し驚いた顔をしてかなめを見つめた。

「やれやれ……お前に心配されてるようじゃいかんな……」

小さくこぼした卜部の言葉に「え？」とかなめが聞き返すと同時に、大量の煙が顔めがけて吹きかけられた。

「ゲホゲホっ……何するんですか!!　いきなり!!」

「うるさい。虫除け(むしょ)だ。これも持っとけ」

そう言って卜部は封の切られたラークを一箱投げて寄越した。

「虫除けって……？」

かなめはなんとかキャッチしたタバコの箱を観察しながら尋ねた。

「でっかい虫退治の時間だ」

フッと冷たく笑う卜部の表情はいつも通りの卜部に戻っていた。

水鏡は部屋で頭を抱えていた。

「くそー。どこ行っちゃったんだろう……」

落ち着き無くウロウロする水鏡に、翡翠はお茶を煎れる。

「卜部先生に正直にお話しになっては……？」

その言葉を聞いて水鏡の表情が凍りつく。

「そんなことしたら殺されちゃうよ……ただでさえ無理難題押し付けてるのに、クライアントが失踪したなんて言えるわけないじゃない……!!」

「ですが、そうするうちにも状況は悪化する一方かと……」

水鏡はうなだれて大きなため息をつくと、観念したように卜部の待つ鵺（ぬえ）の間へと向かうのだった。

＊

コンコン……

先程から等間隔で何かが窓に当たる。そのたびにまるでノックのような音が鳴り、まったくもって集中できない。

煩わしい音のせいで三谷は包丁から手を離す。

懐中電灯を持って窓の側に行くと蜘蛛（くも）の巣に絡め取られた虫の残骸が風に揺られて窓を打っていた。

コンコン……

キリギリスか何か。

かろうじてそれだけは判別できるような糸巻きの遺骸を、三谷は側にあった箒ではたき落とした。

三谷は非常灯の薄明かりと集めた懐中電灯を総動員して夕餉の支度をしていた。

固形燃料を使った鍋と焼き物ならば、この暗がりでもある種の趣きがあっていいかもしれない。

そう思いつくやいなや、三谷はよく手入れされた和包丁を取り出し、さっそく鍋物の野菜を切り分けにかかったのだ。

発泡スチロールから氷漬けの大きなサワラを取り出してきて、さあここからが楽しい仕事！　という時に窓を打ったのが虫の死体だ。

やれやれ……

そんな思いで再び手を洗った。

包丁を手に取ろうとするが、先程置いたはずの場所に包丁が見当たらない。

「ああん？　おかしいな……」

いつも必ず包丁は置き場所を決めている。

それは修業時代から厳しく教え込まれ身体に染み付いた癖だった。

それがどうしたことかサワラを下ろすための出刃包丁が見当たらない。

周りを見渡しても自分以外には誰もいない。仄暗い調理場は嫌に静かで気味が悪くなった。

「明るくなれば見つからぁな……」

そう独り言ちて三谷は包丁捜しを諦めると、予備の出刃包丁でサワラを捌いた。

「申し訳ありません……!!」

水鏡は卜部に土下座して謝った。かなめは大の大人の土下座に落ち着かない様子だったが、卜部は平然とそれを見下ろしている。

「先生……ゆるしてあげましょう?」

しかしかなめの提案は一瞬で否決された。

「却下だ。俺がこの光景を見たのは一度や二度じゃない……」

「不可抗力なんですって……依頼人が消えるなんて思わないじゃないですか……」

卜部に踏みつけられて歪んだ顔で水鏡は訴える。

「まったく……とにかく依頼人の若女将を見つけ出せ。そいつがいないと、呪縛から解放するも糞もない……」

卜部の踏みつけから解放された水鏡がおずおずと尋ねる。

「腹痛先生のお力で、呪詛そのものを破壊するとかは出来ませんでしょうか……?」

「!!」

ありえないものを見た、そんな表情で卜部は水鏡を見据えたまま固まった。

「うん百年ものの強力な呪詛を破壊する代償を分かってて言ってるのか……?」

水鏡は頭を掻きながら舌を出してえへへと笑ってみせた。

それを見たかなめも卜部と一緒になって両目を片方の手で覆いながら水鏡という男の図太さに呆れるのだった。

コンコン……

そうしているとまたしてもノックの音が聞こえた。

「お食事をお持ちしました」

そう言って三谷は仲居の幸恵を連れて部屋にやってきた。

「おい亀。冴木を呼んで来い。ここで飯にするぞ」

卜部はさり気なく御膳の上に並べられた献立をチェックして言った。

「らじゃあ!」

かなめは敬礼すると翡翠を呼びに隣の部屋に駆けていった。普段なら亀を訂正するところだが食事を前に無駄な時間は使わないのである。

かなめが翡翠を連れて戻ってくると料理の支度は済んで、三谷と幸恵はいなくなっていた。

「最後の晩餐（ばんさん）にならないことを祈って……」

固形燃料の揺らめく明かりに照らされて影の差した顔で、卜部はニヤリとしながらつぶやいた。

卜部のブラックジョークを笑うものは誰もおらず、水鏡の顔は、完全に恐怖で引きつっていた。

卜部はその反応を見て満足したのか何度か頷（うなず）いてからすき焼きを卵液に浸して頬張った。

コンコン……

意識の外で音がしたが夏男はアクリルケースに入ったムカデ鑑賞の真っ最中だった。

夏男はどの昆虫と戦わせようかと思案を巡らせていた。それなのに……

コンコン……

煩わしいノックの音に夏男は声を荒らげた。

「今度は一体全体何なの!?」

「お食事をお持ちしました」

夏男はその言葉で唐突に腹が減った。怒りも忘れて中に呼び寄せる。

「どうぞ……」

三谷と幸恵は机の上を見て絶句する。

バラバラになった昆虫の遺骸や、標本の数々が所狭しと並べられ、机の中央に置かれた透明のケースの中では二十センチはあろうかという巨大なムカデが動いている。

料理の置き場に困っていると夏男は黙って床を指さした。

三谷と幸恵は顔を見合わせてから、仕方なく床に料理を配膳してそそくさと部屋を出た。

夏男は生肉をちぎるとそれをムカデの入ったケースに放り込んだ。ムカデは肉の臭いに反応して首をもたげる。

夏男はその様子を満足気に眺めながら食事に手を付けた。

「あんなのと一緒になれなんて女将も酷ですね……」

幸恵がポツリとこぼした。

「幸ちゃん……その話はするな……」

三谷は無機質な声で言う。

「でもあんなに気持ち悪い人……女将の亡くなった旦那さんの……ほら！　春男さんだって、あんなに酷くは……」

「幸ちゃん!!　あんたも分かってるんだろ!?　もうその話はすんじゃねぇ!!」

三谷の剣幕に幸恵は黙って頷いた。

「それより……妙子さんまで消えてしまって……どうなってんだ」

幸恵は返事をするかわりに面倒くさそうに首をかしげて見せた。

それを見て三谷は無性に腹が立ってきた。

この仲居はどうにも扱いづらい……女将には従順なくせにそれ以外にはなんとも気怠そうな態度を取る。

三谷は大きくため息をついてから諦めたように幸恵に指示を出す。

「俺はちょっと別館に女将を捜しに行くから、幸ちゃんは本館でお客様の対応と片付けをしておいて」

幸恵は黙って頭を下げると受付の奥へと消えていった。

取り残された三谷はやけに霧っぽい渡り廊下の方を見た。

今からそこを通って別館に向かうと思うと、なぜだか急に身震いがした。

三谷は生唾を呑んで渡り廊下へと向かった。

手をかけた扉には薬師如来の札が貼り付けられている。

いつもは何とも思わないその札が今日はやけに主張してくるように感じて目が離せない。

そう思いながらも三谷は横目で札を見送り扉を抜けた。

真っ暗な渡り廊下に裸電球が揺れている。

それが風で揺れる度に錆びた鎖の軋む音が響いた。

キュッ……キュッ……キュッ……

振り子のように等間隔で揺れる電球にあわせて、あたりの影も左右に揺れる。

キュッ……キュッ……キュッ……

まるで魔物の踊りのようだ……

思わず不要なことを考えて、三谷は恐ろしくなった。

早く渡ってしまおう……

三谷は急ぎ足で渡り廊下を抜けると別館へと滑り込んだ。

扉を閉めると安堵(あんど)のため息をもらす。

とうとう罰が当たったかな……

そんな考えがふと頭をよぎり、三谷は首を振った。

三谷が代々続く老舗旅館の板前になれたのはただの偶然ではない。

この旅館で働く者達は皆、この旅館の主人の親戚筋にあたる。それがここで働く必須条件だった。

そしてこの旅館で行なわれる恐ろしい儀式に一切異を唱えないことが求められた。

三谷はその条件に同意してここの板前になったのだ。

それさえ守っていれば金払いは良かった。

そして何よりも重要なことは、自分を追いかけてくる恐ろしい過去から守られるということだ。

ここで働く者は皆、スネに傷を抱える者達だった。

大物政治家も訪れるほどの強力なパワースポットでありながら、一般には絶対に知れ渡ることのない秘匿された温泉旅館。

それは後ろ暗い過去を持つ者には格好の隠れ家であり、僅かに残された安息の地だった。

三谷はもう一度頭を振って息を整えた。

俺が組長を殺して逃げたことと、今回の出来事は無関係だ。ここは安全だ。

三谷は両手で頬をパシっと叩き気持ちを切り替えた。

「おーい!! 女将!!」

三谷は大声で呼びかける。

「若女将ー!!」

相手を変えても反応はない。

三谷は眉間に皺を寄せてダメ元で叫んでみた。

「妙子さーん!!」

「はーい」

「!!」

二階へと続く階段の暗がりから返事がきた。

予想外の返答に三谷は身体をビクつかせて暗がりの方を見た。

「妙子さんか⁉　女将は見つかったのかい？」

「はーい」

なんとも生気のない間の抜けた声だった。

三谷は恐る恐る声のする方に明かりを向けた。

そこには直立して微動だにしない妙子の姿があった。

妙子は階段の手摺の横に立って壁の方を見つめている。

「そこで何してるの⁉　女将は本当に見つかったのかい⁉」

三谷はそう言って妙子に近づき肩に手を触れた。

気色の悪い感触がして手を見ると、ベッタリと血糊が付いている。

「えっ……？」

驚いて顔を上げるとちょうど妙子がこちらに振り返るところだった。

三谷は逃げ出すこともなく口をあんぐりと開いたまま様子を見守っていた。

振り返った妙子の両目の穴には大きなカタツムリの渦巻きが入っており、薄っすらと笑った口元からは無数の虫が出入りしていた。

「おいおいおいおい……」

間の抜けた声をあげていると背後に気配を感じ咄嗟に振り返った。

ボキっ……

鈍い音とともに三谷の視界は上下にくるりと反転した。
彼の意識はそこで途絶えた。

＊

卜部とかなめは人気(ひとけ)のない館内を歩いていた。非常電源は電圧が不安定なのか時折、弱々しく点滅してかなめを不安にさせた。

影はまるでヤモリのように音もなく壁を這(は)い回り、後ろにぴったりとついてくる。気配を感じたかなめがさっと明かりを向けても、その瞬間にそこはのっぺりとした壁の姿に戻っていた。

首をかしげたかなめが向き直ると、影は嘲笑(あざわら)うかのようにもとの怪異へと姿を変えて、再び背後にへばりついてチャンスを待つのだった。

「翡翠さん達を二人だけにして大丈夫なんですか？」

かなめは心配そうな声で卜部に問いかける。

「先生がいなきゃ二人は身を守る手段がないんじゃ……？」

「あいつらは言わば依頼主だ。依頼主を攻撃する可能性は低いだろう。その隙に俺達は呪物の封印を掛け直す」

「そこなんですけど、どうして依頼人は水鏡さん達に黙って行動にでたんでしょう？　わたしなら助けてくれる人が来たらすぐにでも相談したいです」

かなめは眉間に皺を寄せながら顎を触ってみた。

「なんだ。探偵の真似（まね）ごとか？」

卜部は薄笑いを浮かべてから待てよ……と表情が強張（こわば）った。

卜部は立ち止まると、くしゃくしゃの頭を右手で掻（か）き上げ後頭部で手を止めた。

「お前の言う通りだ。確かに妙だ……」

「でしょ!?　心細いはずなのに相談もないなんて……」

「いや。そこじゃない。何かが引っかかる……」

「え？」

「凄腕（すごうで）の霊媒師を呼んだ依頼人が怪異を解放してお家（いえ）のしがらみから脱出を図る……」

「そこですか？」

かなめが驚いた声を上げる。

「ああ。下手すれば怪異を封印されて計画はおじゃんになる。大体依頼の内容は怪異の封印だ。なぜ解放する？」

「解放しなくちゃいけなくなった……？」

「そうだ……お家問題が急展開を迎えたんだ……だから解放した」

卜部は相変わらず頭を掻きむしっている。そしてどうも何かが腑に落ちなかった。

「まだ何か引っかかるな。嫌な予感がする……急ぐぞ」

かなめは頷くと、卜部とともに別館へ続く渡り廊下へと向かった。


そのころ水鏡と翡翠はフーチを頼りに依頼人を捜していた。水鏡の右手には紐付きの水晶が握られており、それがクルクルと回転している。

「僕はこのフーチを使ったダウジングや占いには自信があるんだよ」

館内図の上で回るフーチはボイラー室の上で一際強く回転していた。

「ボイラー室ですね……」

翡翠が水鏡の顔を見てつぶやく。

「うーん……ボイラー室は嫌な感じだけど……まあフーチを信じよう!!」

こうして水鏡と翡翠はボイラー室に向かった。


コンコン……

またしても扉を叩く音に夏男はむくりと立ち上がった。

ムカデはケースの中で肉に食らいついて動かなくなっていた。退屈した夏男にとって今回のノックはやぶさかではなかった。

コンコン……

「はいはい……何なの？」

無駄にもったいを付けて気取った空気で扉を開くと、そこには千代が立っていた。

千代は露骨な上目遣いで夏男を見つめると、夏男の胸に片手を添えて囁いた。

「夏男さん……今から私の部屋に来ませんか……」

夏男はこみ上げる笑いを抑えきれずに気味の悪い表情を浮かべながら「ああ……」と答えて口角を舐めた。

「こちらへ……」

千代は夏男を連れだすと別館にある自室へと向かって歩き出した。

＊

遠くで声が聞こえる。

ちゃ……

ば……ん……

ひどく不明瞭な声だが懐かしい気がする。

ばん……おじ……

しっかりしてください……ちよちゃんを……たすけるんでしょ？

千代……？

「坂東のおじちゃん!! しっかりしてください!! 坂東のおじちゃん!!」

突然意識がはっきりして坂東は上体を起き上がらせた。

「痛ぁあ……」

途端に鋭い痛みが頭を襲う。

「おじちゃん!? 気がついたの!? 良かった……死んじゃうかと思ったよ……」

坂東は痛む頭を押さえながら車のヘッドライトに照らされた青年の顔を見た。

「松永さんとこの……百々くんか……!?」

松永百々は泥まみれの姿で安堵の表情を浮かべていた。

坂東が周囲を見渡すと土砂崩れに巻き込まれた無惨な木々と人形の姿が目に飛び込んできた。数メートル下には土砂に埋もれた軽トラの姿もある。

「百々くんが助けてくれたんか？」

「旅館の近くに車を停めて千代ちゃんが出てくるのを待ってたんです。そしたら坂東のおじちゃんが慌てて出ていったから気になって……」

「そうだった!! はよ旅館に戻らんと!!」

坂東は血相を変えて起き上がった。

「急いで帰らんと!!　千代ちゃんは旅館のもんを皆殺しにしちまうつもりだ!!」

「どうしたんですか⁇」

「わしが呼んだ霊媒師の人が上手くやってくれていればいいが……」

「ええ!?」

「霊媒師!?　いったい何の話ですか!?」

「話は車でするから早く車を出して!!」

そう言って坂東は百々を車に押し込むと自分は助手席に乗り込んだ。

「忌沼旅館には秘密があるんよ……女将の旦那になるもんは皆長く生きられん……だから千代ちゃんは百々くんとの結婚を先延ばしにしとった。あの旅館を出るまでは結婚できん言ってな……百々くんが死んだら困るって泣いとった」

「そんなの迷信でしょ!?　僕は大丈夫なのに……」

「迷信じゃない」

坂東は百々を睨みつけて言った。

「春男、夏男、秋男、そして幸男。それがあそこの女将の亭主になる男の名前よ。女将の旦那さんは春男さん。だから次は夏男になる」

百々は息を吞んだ。たしか先代は幸男といったはずだ。たしかに作り話や験担ぎにしては手の込み過ぎた話だった。

「幸男以外の男は生贄にされるって話だ。千代ちゃんは百々くんを生贄にされないために必死だったんだよ。あれこれ理由を付けて結婚を先延ばしにしてた。遅々として進まない縁談に業を煮やした女将は親戚筋から夏男さんを引っ張ってきた」

坂東は悔しそうな表情を浮かべて続けた。

「わしは小さい頃から千代ちゃんのことはよおく知っとる。あんな優しい子がこんな目に遭っていいわけがない。だから内緒で霊媒師を雇った。同情を誘うために千代ちゃんに成りすましてメールを送った」

「だけど霊媒師に接触する前にこんなことになってしまって……」

そこまで話を聞いて百々は首を捻った。

「ちょっと待ってください⁉ どうしてそんな状態の旅館から出てきちゃったんですか⁉ 千代ちゃんは霊媒師の話は知ってるんですか⁉」

「いや……まだ言ってない。それにこんなことになるとは思ってなかった……」

「大体なんで千代が皆を殺そうとしてるって分かるんですか⁉」

坂東は俯き加減で弱々しくつぶやいた。

「さっき……」

「さっき？」

「意識を失ってる時に……」

「死んだ家内が教えに来た」

百々は絶句した。おじちゃんは頭を打っておかしくなったのだろうか⁉　そうでなくても随分な歳だ。認知症の気があっても不思議ではない。

「千代ちゃんが大変よ‼　千代ちゃんを助けるんでしょ⁉　そう言って家内が教えに来たんじゃ」

坂東は百々の目を真っ直ぐに見つめて今度は力強く言い切った。

その眼はとても認知症の老人には見えなかった。

百々は黙って頷くとハンドルを握る手に力を込めて忌沼温泉へと急いだ。

薄暗い館内に卜部の怒声が響く。

「ですから‼　あちらの別館は一般のお客様は立入禁止なんです‼　停電して危険ですからお部屋にお戻りください‼」

仲居の幸恵も一歩も譲らない。

「絶対に客人を別館に通さぬように」

幸恵は女将から常日頃言い聞かされていた。誰も無理に薄汚れた別館に行こうとする者などいなかったが、それでも幸恵はある種の使命感を持ってその命令に従っていた。

そしてついに命令を実行する日が来たのである。何としてもここを通すわけにはいかない。

竹箒を構えた幸恵が渡り廊下へ続く扉の前で仁王立ちになっているのを睨みつけながら卜部は苛々と足を揺すっていた。

「おい!!　亀!!　この女をどっかに連れ出せ!!」

「亀じゃありません!!　かなめです!!　そんなの無理ですよ……」

かなめは睨みあう両者を見てため息をついた。どうも仲居の方が卜部の態度のせいで、余計意固地になっている気がする。

「あの……今この旅館には危ない呪物が動き回ってるんです……通してもらえませんか……？」

かなめは正直にお願いしてみた。しかし仲居はフンと鼻を鳴らして首を横にふる。

「困りましたね……どうしましょうか？」

「どいてろ……」

かなめを押しのけて卜部が前に出た。すかさずかなめは卜部の腕を掴んで止める。

「ぼ、暴力は駄目です!!　先生!!」

「誰が殴って退かすと言った!?　本調子でないから見逃してたが、この女、呪が掛かってる」

「え？」

卜部は聞き返すかなめを無視して幸恵に向かって叫んだ。

「おい仲居。ここを通すなと命令してるのは女将か？」

「だ、だったら何だって言うんですか⁉」

幸恵は怪訝な顔で言い返した。しかし卜部の気迫に押されたのか、先程までの威勢がない。

卜部は仲居を指さすと大声で言った。

「この女を縛る女将の呪から解き放ち給え‼」

「オン　マイタレイヤ　ソワカ」

卜部が真言を唱え終わると同時に仲居は焦点の合わぬ目で泡を吹きながら崩れ落ちた。

「くそ……なけなしの陽力をこんなところで……」

卜部は忌々しそうに仲居を見ながら言った。

「凄い……‼　どうやったんですか⁉」

かなめは目を大きくして尋ねる。

「悪縁を切る真言だ。女将の命令に縛られてたからな……女将との悪縁を切った。そっちを持て。こいつを受付の奥に運ぶぞ」

卜部は嫌そうな顔をすると、幸恵の両脇に腕を差し入れた。かなめは頷くと幸恵の両足を掴み、二人は受付に向かってもと来た道を戻っていった。

ト部達の姿が見えなくなったのを確認すると千代は夏男を連れて急ぎ足で渡り廊下に向かう。

先程の光景を陰から見ていた千代の心は不安でひどく掻き乱されていた。

なぜ彼らが呪物や別館のことを知っているのだろう？

嫌な予感がする……母の味方かもしれない……

疑心暗鬼に駆られた千代の目には映り込む全てが敵のようだった。

あいつらもきっと私と百々くんの邪魔をしに来たんだ……

そうでないならこんなタイミングにここに来るはずがない……

そう結論づけると千代の目に暗い覚悟の炎が揺れた。

千代は渡り廊下の扉を開くと、そこに貼られた薬師如来の札を引き剝がして破り捨てた。

「夏男さん。私早くお部屋に行きたい」

甘えた声を出して夏男を急かす。

夏男はそれを聞くと下品な笑みを浮かべて頷き口角を舐める。

千代は懐に忍ばせた刃物の重さを確認するように、服の上からそっと出刃包丁の柄に触れた。

大丈夫。私は百々くんと生きていく……きっとうまくいく……

そう心の中でつぶやくと、千代は夏男の手を引いて駆け出した。

受付の奥に幸恵を寝かせると卜部とかなめは渡り廊下へと急いだ。

「無駄な時間を食った上にせっかく溜めた陽の気も振り出しに戻った!!」

誰に言うでもなく吐き捨てるように卜部は毒づく。

かなめは心配そうに卜部の顔を覗き込んだ。

「呪物が出たらどうするんですか……？」

「わからん!! 大体呪物が今どうなってるかも俺は知らん!!」

卜部が不調なためか、今回はどうも出来事が悪い方へ転がる気がした。それと同時に今までいかに卜部が核心を見通して先手を打っていたかを思い知る。

立ち込める不吉な予感を無理やり抑え込んで、かなめはぐっと拳に力を込めた。

ぞくり……

渡り廊下の扉の前に立つと先程は感じることのなかった強烈な悪寒が背中に走った。

かなめが卜部の方を見ると卜部もうっすらと冷や汗を流している。

「妙だな……」

そう言って卜部は一歩前に踏み出した。

パキ……

ゆっくりと足下に目をやる。

そこには潰れた黒い甲虫が藻掻（もが）いていた。

藻掻く虫の通った後に体液が線を描く。

卜部はゆっくりと天井を見上げた。

「おい。亀。前だけ見て静かにゆっくり歩け。絶対に上は見るな」

「う、上を見たらどうなるんですか……？」

卜部はそれには答えずに扉の脇にあった傘立てに取り残された一本の黒い傘を掴むとおもむろに傘を開いた。

「来い」

卜部はかなめの肩を抱くような形で自分の前に立たせるとゆっくり渡り廊下に向かって歩き始めた。

カサカサカサ
カサカサカサカサ
カサカサカサカサカサ
カサカサカサカサ
黒い傘に遮られて見えない天井から無数のざわめきが聞こえてくる。

ぼとり……

嫌な衝撃とともに時折何かが傘に降ってきた。

卜部が冷や汗を流しながら慎重に進む隣で、かなめの頭は全く別のことを考えていた。

(こ、これは相愛傘(あいあいがさ)なんかでは断じてない!!　断じて違うから!!　肩を抱かれているぅ……!!)

傘傘傘傘

傘傘傘傘

傘傘傘傘

傘傘傘傘

傘傘傘傘

いつのまにか蠢く(うごめく)不吉な物音さえも謎の大合唱に聞こえてきて、かなめは耳まで真っ赤にしながら俯き加減で卜部と自分のつま先を見つめていた。

渡り廊下を渡り切ると卜部は大きくため息をついた。

「くそ……現実に及ぼす影響力が桁違いだ……」

「まったくです……」

かなめは両手で顔を冷やしながらつぶやいた。

卜部は傘を畳み軽く振って感触を確かめると、真ん中あたりを短く持って暗闇を見つめた。

「やれやれ……どこに向かうかな……」

卜部が行き先を決めかねていると、かなめはふと夢のことを思い出した。

「先生!! そういえばわたし夢を見たんです!!」

「言ってみろ」

「襖(ふすま)が何枚も何枚も続く和室を進んでいく夢です!! 怖くて先に進みたくないのに夢はどんどん奥に進んでいくんです。その夢の雰囲気がここにそっくりです……」

「どんな部屋だ? 何か特徴はないのか?」

かなめは目を瞑(つむ)って夢の光景を思い出そうと頭をしぼった。

「204号室……」

思わず口から出た言葉にかなめ自身も驚いた。

卜部はかなめをまっすぐ見据えて目を細めると小さくつぶやいた。

「行くぞ。亀。204号室だ……」

「亀じゃありません!! か・な・め・です!!」

こうして二人は深い闇が覆う階段に足を向けた。

階段に向かう途中で卜部はふと振り返り、反対側の廊下の闇に目を細めた。

「どうかしたんですか?」

かなめも同じように闇の奥に視線を送る。微かに闇が動いたような気がした。

「いや……何でもない……行くぞ」

階段に差し掛かるとそこには目を覆いたくなるような光景が広がっていた。

無数のカタツムリやナメクジ、そして名も知らぬ巻き貝が階段や手摺、壁に至るまでを覆い尽くしている。

「先生……!! どうしましょう……?」

卜部は苦虫を噛み潰したような表情で踊り場を睨みつけている。

かなめがつられてそちらを見上げるとそこには一人の仲居の姿があった。

かなめはその仲居に見覚えがあった。何度か館内で見かけたその女性はもはや見る影も無く、陥没した頭部と眼孔から出入りするカタツムリがおぞましい、怪異へと成り果てていた。

「俺たちも死んだらあれの仲間入りだ。この呪いは伝染する……」

卜部は抑揚の無い低い声でそう言うとコートの内ポケットから黒い革張りの本を取り出した。

古い革の背表紙はボロボロに劣化しておりあちらこちらから細かい付箋がはみ出している。

卜部は乾いた音を立てて頁をめくり、目当ての頁を開くと開いた本を左手で掴んだまま右手の親指の先を噛み切った。

「先生!!」

驚いたかなめが声を上げるが卜部はかなめを制して血を注ぎ出しながらつぶやいた。

「カイ コゥリス アイマテックシアス ウー ギネタイ アフェシス……」(もし血を流すことなくば、赦さるることなし)

卜部が唱え終わると床に落ちた血が赤い蒸気となって霧散した。

卜部はパタンと音を立てて本を閉じるとコートの内ポケットに素早くそれを仕舞った。

「おい亀。急いで渡り廊下に戻って黒い虫を一匹取ってこい。戻ってくる時に扉は開けたままにしておけ……」

かなめはコクコクと頷(うなず)いて渡り廊下に走った。卜部は仲居だった怪異を睨みつけて何やらブツブツと唱えている。

「ううう……」

渡り廊下への扉を開くと、すぐ足下に黒くて首の長い昆虫が歩いていた。

かなめは顔をしかめながらもそれを摘(つま)み上げると扉を開け放ったまま卜部のもとに走った。

「どうぞ!!」

卜部は虫を受け取ると嫌そうな顔をしながらかなめに言った。

「向こうを向いて目をつぶってろ……」

「先生は大丈夫なんですか!?　陰の気を使うつもりじゃ……」

「使わん。いいから言う通りにしろ」

かなめは言われた通りに卜部に背中を向けて目を瞑った。

「汝の呪を我が身と成して使役する……」

パキ、パキ、パキ……

卜部がつぶやいた後に不吉な音と何かを呑み込む音が聞こえた。

その直後大量の虫の足音が渡り廊下の方から聞こえてくる。

「目を開くなよ」

かなめは強く目を閉じたまま頷いた。

カサカサという足音はかなめと卜部を素通りして階段の方へと向かっていった。

階段からはおぞましい気配と異臭が漂ってくる。

音もなく逃げ惑う軟体動物の声無き悲鳴と蹂躙する甲虫の歓喜の叫び。

それは程なくして静けさに変わり、卜部の歩く乾いた音がコツンコツンと闇の中に響き渡った。

卜部は仲居の前に立つと両目のカタツムリを摑んで引き剝がした。

仲居は金属音のような叫び声を上げてバタリと後ろに倒れるとそのまま動かなくなった。

「もういいぞ」

ト部の声でかなめが目を開くと、殻だけになったカタツムリの亡骸（なきがら）が一面に転がっていた。

かなめが視線を踊り場に移すと足下に横たわる仲居の亡骸を見つめるト部の姿があった。

ト部はかなめの視線に気づいて顔を上げるといつもの表情に戻って言った。

「行くぞ亀!!　もたもたするな!!」

「亀じゃありません!!　かなめです!!」

二人は階段を上り件（くだん）の部屋の前にたどり着いた。

ボイラー室には電力が枯渇して眠る巨大なボイラーがあるだけで他には何も無かった。

静まり返ったボイラー室で翡翠は静かに冷酷な声を出した。

「この豚やってくれましたね……」

「ごめんなさい!!　だって僕がいてもどうせ足手まといだし……痛たたたたた!!」

翡翠にヒールで踏まれた水鏡の情けない悲鳴が薄暗いボイラー室に反響する。

「弾除（たまよ）けくらいにはなるでしょう……？」

翡翠は水鏡のたるんだお腹（なか）をつねって目を細める。

翡翠につねられながら水鏡はきつく目を閉じて形容し難い表情を浮かべていた。

「水鏡先生？　今度こそちゃんと占ってください……次も安全な場所を占ったら……先生の痴態を晒した映像をばら撒きますよ……？」

「ぎゃー!!　それだけは勘弁してください……!!」

「だったら早く若女将の居場所を占いなさい!!」

水鏡は恨めしそうに翡翠を横目に見ながら、館内図にフーチを垂らした。

水晶は館内図の何処にも反応しなかった。

それを見た翡翠の目は薄い弧を描き水鏡を睨みつける。

「いやいやいやいや!!　違うんだって!!　おかしいな……館内にはいないのかも！」

「じゃあ別館ですね……卜部先生たちと合流しましょう。かなめちゃん大丈夫かしら」

「僕らが行っても何もできないよ？　それよりここで……痛たたたた!!」

翡翠に耳をつまんで引きずられながら、結局水鏡も別館へと向かうはめになった。

二人が受付に差し掛かった時、旅館のエントランスから駆け込んできた二人の人影とちょうど鉢合わせになった。

「うわあぁぁあ!!」

「うわあぁぁあ!!」

出会い頭の水鏡と坂東は驚いて大声で叫んだ。

坂東はそれが水鏡だと分かるやいなや、再び大声で叫んだ。

「ああ!!　水鏡先生!!　よかった無事だったんですね!!」

「へ……？」

「私です!!　千代です!!　水鏡先生に依頼した千代です!!」

「は……？」

支離滅裂な坂東の言葉を聞きながらだんだん水鏡は分かってきた。

「つまり、坂東さんが千代さんのフリをして私に依頼したと……」

「そうです」

「千代さん御本人はこのことを知らないと……」

「そうです」

水鏡は頭をポリポリと掻いた後に坂東に向かって口を開いた。

「あなたは自分のしたことがどういうことか解ってるのか!?」

「千代さんが追い詰められてるのを側で見ておきながら、本人には何の相談もなしに部外者を呼んで、この状況になっても教えてない!!」

顔を真っ赤にして叫ぶ水鏡に翡翠も驚きの表情を浮かべた。

「今頃千代さんは我々を女将の差金だと思い込んでるでしょう……」

水鏡は静かに坂東に告げる。

「そんなことは……」

「当たり前ですよ……その証拠に我々も全員標的にするような怪異を解き放ってしまっている……」

坂東の顔は見る見るうちに青ざめていった。

「せめてあなたが千代さんに我々のことを教えていれば、状況は違ったかもしれない」

「本人に一言も話をせずに事を進めたあなたの心の奥にある何かが、この結果を招いたんです……」

「水鏡先生。卜部先生達はこの事を知りません。急いで知らせないと危険です」

翡翠は水鏡に耳打ちした。水鏡はそれに黙って頷くと渡り廊下へと駆けていった。

坂東は俯いて黙ってしまった。

思い返せば表立って味方をするのが怖くて千代ちゃんと面と向かって話をすることはほとんど無くなっていた。

彼女を見放した後ろめたさを隠すために今回の計画を立てたことも事実だ。

そしていつしか彼女を救った影のヒーローとして感謝されることまで思い描いていた。

そうして自分が正義感に酔っているうちに、彼女は極限まで追い詰められていたのだ。

そのことに気が付かずに呑気に構えていた結果……

がっくりと肩を落とした坂東に百々が声をかけた。

「おじちゃん……とにかく千代ちゃんを捜そう。まだ千代ちゃんを止められるかもしれない」

坂東はコクコクと頷くとフラフラとした足取りで水鏡達の後を追った。

こうして渡り廊下へとたどり着いた四人は異常な光景に目を見張るのだった……

渡り廊下を覆う無数の蟲。

食事の後なのか、甲虫達は一様に触覚を拭うような動作をしている。

「なんだよこれ……」

松永百々が思わず口を開いた。

水鏡は松永の方に振り向くと彼の両肩にぽんと手を乗せる。

「千代さんが待ってるのは僕ではなく……松永くん!! 君だ!! あとは任せた」

そう言って引き返そうとする水鏡の後ろ髪を翡翠が摑んで引き戻す。

「さ、冴木くん!! これはマジで無理なやつだ!! 僕は虫だけは本当に駄目なんだ!! アレルギーがある!!」

「いいから行け!!」

翡翠は水鏡のお尻をヒールで刺すようにして渡り廊下に押し出した。

踏み出した足の下からパキっという不気味な音がして水鏡の背中に鳥肌が立つ。

「ああ……」

水鏡は情けない声をあげてしばらくそのまま固まったかと思うと、突然大声を上げて渡り廊下を走り抜けた。

「どぉうだぁあ!? 思い知ったか虫どもめがぁあ!!」

叫ぶ水鏡をよそに、三人は水鏡の切り開いた血路を素早く渡りきった。

水鏡はなおも虫達に向かって挑発するように、舌を出し目を見開いて両手の中指を立てている。

「水鏡先生……もう分かりましたから先を急いでください」

翡翠がそう言っても水鏡は挑発をやめない。

それどころか、群れからはぐれて別館に入って来た虫を蹴り飛ばして勝ち誇った笑みを浮かべて翡翠達の方を見た。

「見たか!! 僕だってこんな虫の怪異ごときには負けないんだよ!!」

翡翠の反応が無い。

それどころか水鏡以外の全員が唖然とした表情で水鏡の背後を見つめている。

「なになに!? みんなどうしちゃったの!?」

「後ろ……」

そう言って松永百々が水鏡の背後を指さした。

「へ……?」

水鏡が振り向くと、そこにはだらりと首をぶら下げた三谷が立っていた。

「み、三谷さん……!!」

坂東がつぶやく。

三谷は片方のまぶたをピクピクと痙攣させながら不自然に垂らした首を揺らして水鏡に抱きつこうと両手を大きく広げた。

「ぎゃあああああああ!!」

叫ぶ水鏡を翡翠が引っ張ったおかげで、水鏡はなんとか捕まらずにすんだ。

「水鏡先生!! こういう時はどうすれば!?」

叫ぶ坂東に向かって水鏡も叫び返す。

「逃げるが勝ちです!!」

水鏡は翡翠の手を引いて廊下の奥へと走った。

それを見た二人も置いて行かれまいと慌てて後を追った。

どこかの部屋に逃げ込もうとするも、廊下の両脇にある扉はどれも施錠されていて開かない。

翡翠が振り向くと三谷だった怪異が四つん這いで追いかけてきているのが見えた。

「先生!! 追いかけてきてます!!」

「やばいやばいやばい……!!」

手分けして入れる部屋を探していると坂東が思い出したように奥へ向かう。

「皆さん!! こっちです!! こっち!!」

三人は坂東が呼ぶ方へ走った。そこは物置部屋のようだった。

全員が中に入ると坂東は扉を閉めて鍵をかけた。

「これって追い詰められたんじゃ……」

翡翠がぽつりとこぼした。

「いやいや!! 冴木くん!! さすがに怪異でも人間の姿ではこの鉄の扉はどうしようもないよ!!」

水鏡はコンコンと扉を叩いて言った。

コンコン……!!

まるで呼応するかのように扉が叩き返された。

水鏡は顔を膨らませて息を止めた。

扉に付いた針金入りの磨りガラスから目が離せない。

そこには明らかに人のものではない細長い手足のシルエットが浮かんでいた。

一行は息を潜めて成り行きを見ていた。

冷や汗が背筋を伝う中、物音を立てぬように誰も微動だにしなかった。

「行ったかな……?」

気配が消えてしばらくすると水鏡が小声でつぶやく。

「どうでしょう……？」

翡翠が疑わしそうにささやく。

「開けてみますか……？」

坂東の提案に三人は同時に首を横に振った。

カリカリカリ

カリカリカリ

ガコン……

一行が音の方に振り向くと、換気ダクト蓋が外れて、四角い穴から長い首を伸ばした三谷の頭が覗(のぞ)いていた。

「ぎゃあぁぁあ!! は、入ってきたぁああ!?」

水鏡は半狂乱で逃げ道が無いかとあたりを見渡すが逃げ道は見つからない。

「く、首だ……!! 首が伸び、伸びて……!!」

坂東は三谷の長く伸びた首を見て真っ青になって言った。恐怖に慄(おのの)いていると焦点の合わぬ目で水鏡たちの方を見ながら三谷の口がパクパクと動いている。

不明瞭だが何か言葉を発しているようだった。

「み、三谷さん!? もしかして意識があるんじゃ!? わかるかい？ 坂東だよ？」

藁(わら)をも縋(すが)る思いで坂東は恐る恐る声をかけた。

三谷の顔をした怪異は細長く伸びた首をかしげてまぶたを痙攣させた。

「ば……ん……さん」

怪異はそう言った。

「そうだよ!!　坂東!!」

坂東はそれを聞いて引きつった笑顔で笑いかけてみた。

「ばん……さん。ばばば……ばん……さん……ばんさんばんさんばんさんばんさん」

「なんだか様子がおかしいです……」

翡翠がささやいた瞬間、怪異は大声で叫んだ。

「晩餐会だぁぁああ」

「あれは坂東さんじゃなくて晩餐だよ!!　僕たちを食べるつもりだ……!!」

水鏡は親指以外の指を全て咥えながら目を大きくして叫んだ。

翡翠はとっさに棚に置かれた殺虫剤のスプレー缶に手を伸ばした。

それを怪異めがけて吹き付ける。

怪異は身じろぎしながら長く伸ばした首を引っ込めた。

まぶたの痙攣が激しくなり大きく開いた口からは真っ黒な甲虫が次々に飛び出してくる。

「マイマイカブリだ……」

百々がそれを見てつぶやく。

「虫の種類なんてなんだっていいよ!! 今のうちに早く逃げよう!!」

一行は水鏡の後に続いて扉の外に飛び出した。

＊

「幸恵さん!! 幸恵さん!!」

揺り起こされて幸恵が目を開くとそこには心配そうにこちらを覗き込む女将(おかみ)の姿があった。

「幸恵さん!! よかった気がついて……」

女将は涙を拭うような素振りを見せた。

「女将……ごめんなさい……部外者に別館に入られてしまいました……」

幸恵は上体を起こして女将に告げた。

女将は幸恵の両肩を摑(つか)んで首を横にふる。

「幸恵さんはよくやってくれたわ!! やっぱり頼りになるのは幸恵さんだけよ。それより、今から別館に向かうから一緒にきてちょうだい」

幸恵は頷(うなず)いて立ち上がった。卜部が切った縁は女将の言葉で容易(たやす)く結び直されていく。

女将の言葉には毒が宿っていた。

それは代々呪物とともに女将に受け継がれてきたもう一つの呪い。

幸恵はそのことにまったく気付かずに女将への信頼を深めていく。

集団のなかで最も力のある女性に付くというのが彼女の処世術だった。それが女将と幸恵の結びつきをより一層強めていた。

あるいは幸恵の中に燻る男性への憎悪が女将の持つ毒と強く結びついた結果がそうさせるのかもしれない。

幸恵が心酔した女性は女将で二人目だった。

一人目の女リーダーはリンチ殺人の首謀者として、今は塀の向こうにいる。

幸恵は決して主犯にはならず、リーダーの傘の下で、ひたすらリーダーにだけ気に入られるよう振る舞った。

その結果、女リーダーが逮捕された時も責任は主犯格の幹部に押し付けて幸恵は懲役を免れた。

幹部たちの復讐を恐れて忌沼旅館に逃げ込んだ幸恵はそこで女将に出会ったのだ。

女将が女リーダーとは異なる種類の圧倒的な権力を持っていることはすぐに分かった。

その姿に強烈に惹きつけられた幸恵は他の従業員など歯牙にもかけず女将にだけ仕えてきた。

幸恵は女将の背中を見つめながら何も疑問に思うことはない。

ただその背中を見つめながら別館に向かう女将に付き従った。

＊

「おい亀。この先にもおそらく怪異がいる。今回の怪異は呪物だ。霊でもなければ人でもない。だが肉に属している。襲われたら躊躇なく反撃しろ」

２０４号室の前で卜部が淡々と告げる。

「さっきみたいな怪異ですか……？　それと亀じゃありません」

先程の怪異がかなめの脳裏に浮かんだ。霊でもなく人間でもない。しかしその怪異の姿は明らかに仲居の一人だった。

あの怪異をどう定義すればいいのかかなめは分からなかった。

ほんの少し見知っただけの他人。

それでも目の前で人が人ではない何かに変わった衝撃は、すくなからずかなめを動揺させた。

不安定な情緒は今にも涙に変わって頬を伝いそうになる。

卜部はそんなかなめに目をやると小さなため息を吐いてから言う。

「お前は自分の身を守ることだけ考えればいい。相手が人間だろうと化け物だろうと身を守ろうとすることは悪ではない」

しっかりしろ。そう言って卜部はかなめの頭にチョップをした。

「イエッサー……うぅ痛い……」

かなめは目に溜まった涙を痛みのせいにした。

少しだけ大げさに痛がりながら涙を拭うと気持ちを立て直して卜部に向き直る。

卜部はそれを確認すると扉のノブに手をかけた。

二人の間に緊張が走る。

卜部がノブを回すと、扉に鍵は掛かっておらずすんなりと隙間が開いた。

隙間からは血と汚物のような異臭とともに濃厚な闇が漏れ出してきた。

卜部たちが204号室の扉の前に立つ十五分ほど前のこと、千代は夏男の手を引いてこの扉の前に立っていた。

「夏男さん。ここからは私がいいと言うまで目を瞑ってて欲しいの」

千代は甘い声を出して夏男の耳にささやきかける。

「な、なんでだよ……？」

夏男の顔に疑いの色が浮かんだ。小中高とからかわれ、いじめられ、騙されてきた夏男のアンテナは悪意や思惑に敏感に反応した。

そのアンテナがうっすらと千代の放つ違和感に反応しはじめていた。

追手の気配に耳を傾けながら千代は焦っていた。早くしなければ……母と追手が来る前に!!

千代は思い切って夏男のモノにズボンの上から手を触れた。夏男のモノが強く脈打つのを感じる。

千代は精一杯の上目遣いと甘えた声で夏男にささやきかけた。

「私といいことしたいでしょ？　それなら言う通りにして？」

夏男は鼻息を荒くして股間を目一杯ふくらませると、笑いを噛み殺しながら格好をつけた。

「わ、わかったよ。君の好きにすれば……？」

千代は手拭いで夏男に目隠しをすると夏男の手を引いて部屋の中に入った。

静かに襖を開くと赤茶けて骨と皮だけになった幸男が壁に額を押し当てて立っていた。

幸男はゴツン、ゴツンと一定の間隔で壁に額をぶつけている。

「何の音!?」

夏男が声を出した。

すると幸男の首がぐるりと回って穴だけになった目で夏男を凝視する。

夏男がまた声を出す前に千代は慌てて自身の唇で夏男の口を塞いだ。

千代は震えそうになるのを必死で堪えて、幸男の様子を窺いながら夏男の口を塞ぐ。

口づけした状態のままそろりそろりと奥へ進み襖を開いた。

幸男は相変わらずこちらを見ていたが追ってくる様子はない。

襖を閉めると千代はすぐに口を離した。

「刺激的だね……ふふふ……」

夏男はニヤニヤしながら言った。

千代は口を拭うと夏男の手を引いて岩肌が剝き出しの暗い通路を奥へと急いだ。

ト部は手にした傘の先端でそっと扉を開くと、もう片方の手で逆手に握った懐中電灯を暗がりに向けた。

暗い玄関框の上には重苦しい気配を放つ襖がぴったりと閉ざされている。まるで封印のように。

「あの襖です……夢で見たのと同じ柄です……」

耳が痛いような静けさを破るためにかなめは思い切って口を開いた。

しかしカラカラに乾いた口から出た言葉は意思に反してかすれて弱々しいものとなった。

和紙や土壁の臭いがする。カビ臭い古びた和風建築は音を吸い込んでどこかにやってしまう。

残された空気は嫌な静けさに支配されていた。

そして壁や襖は吸い込んだ音の代わりに異臭を放つ。

それは肺の奥深くに潜り込み内側から身体を腐敗させていく穢れた胞子のようなカビ臭さだった。

それに混じって襖の奥から糞尿の臭いと鉄くさい血の臭いが漂ってくる。

卜部は袖で口を覆ってつぶやいた。

「酷い残穢だな……」

残穢……かなめは卜部の言葉を反芻する。

ここで穢れた行為が行なわれたのだ。先生が口を覆うほど強烈で、ずっと残ってこびり付くほどの穢れた何かが……。

かなめは卜部に倣って口元を袖で覆った。

卜部はかなめにタバコと指示を出した。

かなめはタバコを出して火を点けようしたがうまく点けられない。

「吸いながら点けるんだよ」

かなめは言われた通りタバコを吸って火を点けた。すると勢いよく紫煙がかなめの体内に流れ込んでくる。

思い切り吸い込んだ煙にむせながら、かなめは卜部を睨んだ。

「ゲホゲホ……!! 苦っ!! 辛っ!! こんなのよく吸えますね!?」

「そいつは特別製だ。いいからそれ持ってろ。できるだけ俺たちを煙で包むようにしろ」

かなめはむせ返りながらも、言われた通りに煙を吹きかけながら卜部の後に従った。

襖を開くと骨と皮だけになった赤茶けた男が奥へと続く襖の前で畳に頭を打ち付けていた。

＊

夏男の手を引いて千代は洞窟の奥へと進んだ。

灯籠に照らされた洞窟の壁にはいくつも神棚のようなものが祀(まつ)られている。

そこには赤ん坊の髪の毛の束や、不気味な形をした干からびたミイラのようなものが供えられていた。

細い通路を抜け、朱(あか)い鳥居をくぐると、頑丈そうな四角い台座がぽつんと安置されていた。

千代はそこに夏男を横たえてささやいた。

「服を脱がすわ……両手を上げて……」

夏男はバンザイの姿勢になって言った。

「ぼ、僕らの記念すべき初夜だね……!!」

目隠しされたままの夏男が千代の方を見てニヤリと笑った。そして男は何度も自らの口角を舐めあげた。

「ええ。刺激的な夜になるわ……」

そう言って千代は夏男の両手を台座に拘束した。

「お、おい!! な、なんだこれ!!」

千代は夏男には答えずに台座の奥に鎮座した穢れた御神体の前に進み出ると、三つ指を付いて頭を下げた。

後ろでは夏男が大声で何かを喚いていたが千代にはもはや何も聞こえない。

「我がぁ夫をお捧げしぃ……あなた様にぃ生涯お仕えすることを誓い申し上げまするぅ……」

背後では拘束された夏男が罵声を浴びせている。

「彼の者のぉ……五臓六腑、四肢、御霊に至るまでを対価としぃ……」

「ここにおります千代を穢の大神であらせられる蟲虫蠢神様の端女と成し給え……」

手に掛けられた鉄の枷を外そうと藻掻く音が響き渡る。

「その穢れし権能のままにぃ端女に力と富を与えぇ……」

「不幸と困難を祓い穢し給えと……かしこみぃかしこみぃ申す……」

千代は口上を述べると立ち上がって御神体に近づいた。

それは身体中を蟲に食い荒らされた干からびた遺体だった。そして死してなおその身体は蟲に蝕まれていた。

遺体の四肢は鉄の枷で拘束されており所々指が欠損している。

その表情は苦悩と怨嗟に満ち満ちており、今にも痛みに狂った悲痛な叫びが聞こえてきそうなほど生々しかった。

千代は御神体に深々と礼を示すとその指を折って口に含んだ。

さらにもう一本の指を折ると、それを摑んだまま夏男の側に近づいた。

喚き散らしながら足をじたばたさせる夏男の太ももに千代は出刃包丁の刃を突き立てた。

夏男は叫び声をあげたが千代はもう一方の足にも包丁を刺して夏男を大人しくさせた。

「穢れの大神の御心のままに」

そう言って千代は剝き出しになった夏男の腹に出刃包丁で傷をつけると、御神体の指を傷口に深々と差し込んだ。

ゴツン……ゴツン……ゴツン。

怪異は頭を打ち付けるのを止めると、ゆっくりと顔を上げた。

奈落の底を思わせる真っ黒な二つの孔で卜部を見据える。

ひゅうぅうぅうぅうぅう……

電線を通り抜ける風切り音のような切ない音が部屋に響く。

それが怪異の息遣いだと気づいてかなめの全身が総毛立った。

息をしている……このような姿になってもこの怪異は息をしている……

生者と死者の境界線はどうやら呼吸ではないようだ。

かなめの瞳に憐れみの色がよぎった。

その時だった……

「えっ……？」

怪異はそれに呼応するかのように眼孔からポロポロと白い涙をこぼした。

溢れた涙は畳の上でモゾモゾと動いている。

それは真っ白な蛆だった。

「ひぃぃい……」

これに同情は無用だとかなめの本能が警鐘を打ち鳴らす。

孔だけになった暗い瞳は、まるで嘲笑うかのようにイビツに歪み、怪異は黄ばんだ歯をむき出しにして咆哮をあげた。

かなめが恐怖に呑み込まれそうになった時だった。

卜部はかなめを背後に隠した。

「タバコもう一本吸っとけ」

そう言って卜部は黒い傘に自らの血を垂らしながら前に出た。

「καιηλλαξαν την δοξαν του αφθαρτου θεου
εν ομοιωματι εικονος φθαρτου ανθρωπου
και πετεινων και τετραποδων και ερπετων
(朽つることなき神の栄光を易へて、朽つべき人および禽獣・匍ふ物に似たる像となす)」

卜部は唱えながら自らの血が付いた傘の先を怪異の胸へと突き立てた。

怪異は傘を掴んで抵抗したが卜部はそのままさらに深く傘を突き刺していく。

怪異はぬめぬめした皺だらけの身体から蛆を撒き散らした。蛆は卜部の顔にも飛び散ったが卜部は表情一つ変えずに怪異を睨みつけている。

それを見た怪異は天井を見上げて口から無数の黒くて大きな蝿を吐き出した。

真っ黒な蝿の大群が唸りを上げて部屋に満ちていく。

「かなめ!!　煙!!」

我に返ったかなめは慌ててタバコの煙を卜部に吐きかけた。

すると蝿は煙を嫌って卜部から遠ざかった。

「διο παρεδωκεν αυτους ο θεος εν ταις επι
θυμιαις των καρδιων αυτων εις ακαθαρσιαν

τουατιμαζεσθαι τα σωματα αυτων εν αυτοις」

(この故に神は彼らを其(そ)の心の慾(よく)にまかせて、互にその身を辱(はずか)しむる汚穢(おわい)に付し給へり)

卜部はさらに深々と傘を怪異に突き刺した。

「もういい……元の姿に還(かえ)れ……」

かなめには卜部がそうつぶやいた気がした。

怪異は再び、眼孔から真っ白な蛆をポロポロと溢れさせながら最後の咆哮をあげた。

怪異の身体に残された最後の皮とわずかな肉を溢れ出した蛆が食い尽くした。

蛆はそれでも飽き足らず、やがて共食いを始めると、最後の一匹になるまで喰(く)いあった。

無数の蠅はいつのまにかどこかに消えており、部屋には一匹の蛆と真っ白な骨が残った。

卜部はその蛆をつまみ上げると茶色のガラス瓶に封じた。

「蠱毒の王だな……こいつは」

かなめは卜部の言葉にゾクリとする。

卜部はそれをコートの内ポケットに仕舞った。

かなめは奥の襖(ふすま)に目をやる。これ以上の怪異がこの奥に待ち受けているのかと思うと足がすくみ身体が震えた。

かなめが震える身体を必死に抱いて抑えつけていると、卜部はフラフラした足取りで襖へと歩いていく。

襖に手をかけた卜部がぐらりと傾いた。

咄嗟（とっさ）にかなめの身体（からだ）が動いた。

肩を貸すような形でかなめが卜部を支えると、驚いた顔をした卜部と目が合った。

卜部はふっと笑ってから奥へと続く襖を指さした。

「行くぞ……亀」

スルスルと襖の開く音に続いて、カタンと襖の止まる音が暗がりに響いた。

襖の向こうには洞窟が伸びている。

壁に打たれた鉄杭（てっくい）の先には奥へ奥へと続く鎖が垂れ下がっていた。

「この奥にいる……」

卜部はそうつぶやくと奥へと進んでいった。

「あんたが千代だな……？」

石段の上手（かみて）からこちらを見下ろす千代と目が合い、卜部は静かに口を開いた。

灯籠の炎が揺れて千代の顔に影が差す。千代は声の主を無表情で見つめた。

「あなたは？」

「俺は邪祓師（じゃばらし）の卜部だ。依頼通り呪物を始末しに来た」

「そう……」

千代はそう言って御神体の方に向き直った。

卜部は腑に落ちないといった様子で千代の動きを目で追う。

千代は振り返ると側に来るように手で促した。

「こちらが御本尊になります……」

卜部とかなめは促されるままに石段を上った。踊り場には人一人が寝転べる程度の大きさをした不気味な石の台があった。

かなめはそれを見て背筋が凍る。

「先生……血が……」

そう言ってかなめが台を指さした時だった。

ドン……

鈍い音がして卜部が吹き飛ばされた。

卜部は見えない力で壁に磔にされていた。

「先生!!」

慌ててかなめは卜部の方に駆け寄ろうとした。

「来るな!!」

卜部が叫ぶ。

千代は御神体の側から卜部に向かって叫んだ。

「何が依頼よ!!　私が蠱虫蠱神様と契約したら邪魔するようにあの人が依頼したんでしょ!!」

「でも無駄よ!!　もう私は蠱神様と契を結んだ!!　蠱神様の権能は私のものよ!!」

意味が解らず困惑するかなめをよそに卜部が声を絞り出す。

「何が神だ……!!　忌事で創り出した穢らわしいタダの呪物だろ……?」

「五月蝿い!!　あんたなんかに何も言われる筋合いは無いわよ!!」

卜部が唇を嚙み締めて力を入れようとした時だった。

「来たわね……」

朱い鳥居をくぐって水鏡達がやってきた。

水鏡一行は後ろ手に両手を縛られ、その後ろから女将と幸恵が顔を出す。

幸恵は小刻みに頭を動かしながら女将の後に立ちすくんでいる。

「翡翠さん!!　水鏡先生も……!!」

かなめは泣き出しそうになりながら卜部と水鏡達を交互に見やった。

女将は水鏡達を小突いて踊り場まで上ってくると、かなめをちらりと一瞥して興味なさそうに視線を千代に戻した。

「千代ちゃん!!　よくやったわね!!」

女将の千鶴は演技がかった身振りで千代に向かって笑いかける。

「もうあなたの指図は受けない!!」

千代は声を震わせて叫んだ。

「ちゃーんと夏男さんに御務めをさせたのね？　偉いわぁ」

「百々くんと坂東さんを放して!!」

千代は目に涙を溜めてなおも叫んだ。

「さぞ気分が良かったでしょう？　お母さんを出し抜いてこんな酷いことをして……」

「もうお母さんと蠢神様の契約は無効になってるのよ!?」

千代は母親を睨みつけて凄んだ。

女将は薄笑いを浮かべて幸恵を前に出しながら言った。

「そうね……でも幸恵さんは私の言う事をなーんでも聞いてくれるみたいよ？」

首を小刻みに傾けながら幸恵は百々の方を見据えた。

かなめは幸恵の姿を見て怖気立った。

その背中からは板前の格好をした男の上半身が突き出していた。

それは怪異になった三谷だった。

幸恵は背中から昆虫の尻のように三谷をぶら下げており、三谷はのけぞるような姿勢で両手を地面に付いていた。

その姿はまるで、四本の足で身体を支え、両手の鎌を高く掲げる蟷螂のようだった。

「放せって言ってるでしょおおおおお!!」

千代はそれを見て泣き叫んだ。

すると御神体は千代の叫び声に呼応するようにガタガタと音を立てた。

それを見た千鶴は薄笑いをやめて千代を睨みつけると、冷酷な声で言い放つ。

「百々くんと一緒になりたいなら、蠢神様との契を私に譲りなさい」

押し黙った千代に女将の千鶴は追い打ちをかけた。

「決心がつくように百々くんに痛い目見てみてもらう？　そうする？」

千鶴の言葉の意図を汲み取ったのか、変わり果てた幸恵は首を捻りながら松永百々を見下ろした。

「めて……」

消え入りそうな声で千代が言った。

「千代ちゃん……大きい声で言ってくれないとお母さん分からない」

「やめてください……」

千鶴はそれを聞くといやらしい笑みを浮かべて勝ち誇った顔をする。

「それじゃあ、お母さんに契約を譲渡するって誓ってちょうだい!!」

千代が言葉を発しようとした時だった。

「おい……あんたはそれでいいのか？」

磔にされた卜部が冷たい目を向けて言った。

千代は土色の顔をして卜部を見た。

「一生母親と呪物の呪縛に囚われて生きるのか？　これだけ大騒ぎして殺しまくった挙げ句、結局元の鞘に戻るのか？」

「千代!!　その男を捻り潰しなさい!!」

「ババアは引っ込んでろ!!」

叫ぶ女将に卜部が怒鳴り返す。

「立場が解って無いようね……この人たちがどうなってもいいのかしら？」

女将は幸恵を水鏡にけしかけながら言う。

「ふん……どのみちこのままじゃ全員死ぬんでな……悪いが人質に気を回す余裕はなかったよ」

卜部は水鏡を見て冷たい笑みを浮かべる。

「腹痛先生……そりゃないですってぇ……」

翡翠が足を踏みつけ、卜部がきつく睨んだので水鏡はそれ以上何も言わなかった。

女将は視線を卜部の頭から足に行き来させながら思案する。

「あなた……よく見たら相当強い霊力を持ってるわねぇ……」

女将は邪悪な笑みを浮かべて言った。

「新しい御神体にしてあげましょう!!　未来永劫ずぅーっと!!　家に仕える福の神様にしてあげる!!」

女将はニタニタと笑みを浮かべると順番にかなめ、翡翠、水鏡と指さした。

「お仲間はそのための生贄にして、あなたに喰わせてあげる!!」

卜部はそれを聞いてククと身体を震わせると、突然無表情になって吐き捨てた。

「俺の霊感が言ってる。虫けらに喰われるのはあんただ」

卜部の眼には深い闇が渦巻いていた。それは以前見た邪神の眼を彷彿とさせるような暗く冷たい瞳。

かなめはそのことに気が付いて飛び出しそうになる。

しかしそれを見越していたかのように卜部がかなめを一瞥する。

目が合った瞬間にかなめは卜部とのやり取りを思い出した。

「地火明夷。困難でも明けない夜はないってことだ……」

正道を保つと先生は言っていた……

この禍々しい気は、ブラフだ……!!

かなめはゆっくり両目を閉じて卜部に了解の合図を送った。

「凄い気ね……だけどこれを見てもそんな強がりが言えるかしらねぇ……千代ちゃん。蠢神様の御体をこちらへ……」

無表情の千代は御神体に向かって深々と頭を下げると小声で何やら囁(ささや)いた。

すると神殿の暗がりの奥から蠢神と呼ばれる怪異がずしり、ずしりと軋(きし)むような音を立てて降りてきた。

その姿は異様なもので身体は二艘(にそう)の船に挟まれており、その船の隙間から両方の手足と頭が飛び出していた。

「スカフィズム……」

卜部は蔑むように忌まわしいものを見るように蠢神を見て吐き捨てる。

「よくご存知ねぇ。船に挟んで動けなくなった罪人を水に浮かべて、糞尿(ふんにょう)まみれになるまで放置するのよ…それに群がった虫達にゆっくり喰(く)わせて殺す残酷な刑罰」

千鶴は愉快そうに人差し指をくるくる回して続ける。

「足尾(あしお)家はこれを呪術に用いた。一族に産まれた忌子にこの拷問を施して作ったのが蟲虫蠢神様よ？　ふふふ……家族の肉を食わせて呪詛(じゅそ)を増したとか……」

「忌子は背中から無数の足が生えていたそうよ……それで初代は足尾姓を賜(たまわ)ったとか……」

かなめは女将に強烈な嫌悪感を抱いた。

白塗りの顔に不気味な線を描く真っ赤な口紅。

紅(あか)く塗られた口がニタァ……と笑う時に見える糸を引く唾液。

発する言葉の隅々にまで巡った邪悪な毒。

いちいち演技がかった振る舞いと、ときおり見せる冷酷で残忍な本性。

「祓われなければならない邪悪はあなたです……」

かなめは震える声で女将に言った。

「そうね」

女将はにっこり笑った。

「でも死ぬのはあなた達。霊媒師さんは苦しみ悶えて虫に喰われながらこの世を呪いに呪って、永遠の呪物になるのよ……？」

かなめは涙を流しながら女将を睨みつけて言った。

「先生の予言は絶対外れません……!!　虫に喰われるのはあなたです……!!」

「そう…？　千代ちゃーん？」

千鶴が千代に呼びかけた瞬間、卜部が吠えた。

「かなめ!!　鈴木を殴って気絶させろ……!!」

かなめはすぐさま足下にあった石を拾い上げて水鏡に振り上げた。

「僕を生贄にするつもりかぁあああ!?」

そう言って避けようとする水鏡の動きがグッと止まる。

見ると翡翠が水鏡の襟に噛み付いて動きを制していた。

「嘘ぉおおおおおおお!?」

かなめが両手で振り下ろした石は水鏡の頭に命中した。

呆気にとられて反応が遅れた女将達をよそに、水鏡は頭から血を流して白目を剝いた。

力をなくした水鏡の首がガックリと垂れ下がると、今度はまるでゴム毬のように跳ね上って白目のまま天井を見上げた……

「とざいとうざいぃぃぃ!!」

水鏡の口から唐突に、聞き覚えのない、甲高いしわがれ声が響き渡った。

「さあさあさあ……此処に見えるは、古からの大悪党、老舗の旅籠が隠した秘密は、生贄、お捧げ、血塗られ候……!!」

「絶体絶命の危機を迎えた主様の一行は、憐れ憐れ!! 見るも無惨な拷問の果に忌むべき姿にかわるのか!?」

「やんや!! やんや!! それとも危機を見事脱して、まばゆい旭を拝むのか……刮目して……ご覧遊ばせーーーーー!!」

水鏡は何かに憑かれたように白目を剝いたままカカカカカと高笑いを続けている。

その場にいる全員が状況を理解出来ずに困惑している隙に、卜部は唇を嚙み切り身体を縛る見えない力に血を吹きかけた。

ぶちっ……

気持ちの悪い音がして卜部の身体は自由になる。

卜部は水鏡の側に転がり込むとかなめを抱き寄せた。

「離れるんじゃないぞ!!　冴木の手を解け!!」

かなめは卜部に腰を抱かれたまま翡翠の手を縛った紐を解きにかかった。

卜部は白目を剝いてカカカと高笑いをする水鏡に触れて耳打ちした。

「御屋形様、御屋形様、危のうございます。危のうございます。急いで此処よりお逃げください」

それを聞いた水鏡は高笑いをやめると途端に真っ青な顔を浮かべて絶叫した。

「きぃいぃいいいえぇえぇえぇええ!!」

「敵襲じゃあああぁあああああ!!」

耳をつんざくような叫び声はぐにゃぐにゃと景色を歪め始める。

それがただの聴覚の異常ではないと気が付いた女将はハッと我に返って叫んだ。

「幸恵!!　殺れ!!」

女将の命令で襲いかかってきた幸恵に卜部は茶色いガラス瓶を投げて寄越した。

幸恵は反射的に蛆の封じられたガラス瓶を叩き割る。

「呪法……友引忌」

卜部はガラスの破片にまみれた瀕死の蛆と幸恵に向かって自身の血を浴びせた。

するとたちまち幸恵の身体が無惨に裂かれて瀕死の蛆と同じような姿になった。

幸恵と三谷の頭部は共鳴するかのように目から血を流し、涎を撒き散らしながら痛みに藻掻き苦しんだ。

断末魔の叫びをあげる怪異。

奇声を放ち続ける水鏡。

叫び声はもはや聞こえず、頭の中で響く耳鳴りに変わり、その場にいる誰もが立つことができないほどの激しい頭痛に見舞われた。

卜部も耳を塞いで膝を突いたその時、怪音を嫌った御神体が怒りの形相で音の根源である水鏡に向かって襲いかかってきた。

蠢神は大きく口を開き、両手を突き出してこちらに向かってくる。

身体を挟んでいた船はガラガラと壊れ、その胴体が露わになった。

異様に長く伸びた胴体、その腹からも背からも人間の足のようなものが乱雑に生えている。

無数の足をバタバタと動かしながら蠢神は水鏡を目指す。

空間はさらに酷く歪んで蠢神が水鏡に触れるより先に卜部たちを呑み込んだ。

音が消えて神殿に静寂が戻る。

女将と千代、松永と坂東はまだ残る頭痛に頭を押さえながら立ち上がった。

見ると卜部たちの姿は何処にもない。

幸恵と三谷の亡骸に目をやると、遺体の傍らに胴から上がねじ切れた蟲虫蠢神の下半身があった。

それは小刻みに痙攣しながらタタラを踏んでいる。

まるで逃げた獲物を追うように。

千代はよろよろと卜部の縛られていた場所に向かった。

ふと足下に目をやり愕然とする。

地面には足で書かれたツグナイの四文字。

「殺しまくった挙げ句、結局元の鞘に戻るのか……？」

その言葉が脳裏を埋め尽くす。

再び強い目眩と吐き気に襲われた千代は壁に手を突き嘔吐した。

胃から出た内容物は卜部の残したツグナイの文字を覆い隠すように地面に広がっていく。

「千代ちゃん……!!」

慌てて百々が駆け寄ろうとすると女将の怒号が響き渡った。

「そこを動くな!!」

「千代!!　今からあの霊媒師を殺しに行くわよ!!　こっちにいらっしゃい!!」

坂東も百々も女将の言葉に耳を疑った。

顔には女将に対する恐怖と軽蔑の色が浮かび上がっていく。

「あら？　そんな顔してどうしたの二人とも？」

女将は二人に笑いかけた。

「これはね、千代ちゃんのためなのよ？　今あいつらが逃げたら、千代ちゃんは殺人犯として捕まるのよ？」

「千代ちゃんが殺人犯なわけが……!!」

声を荒らげた百々を女将が制して言う。

「確かに……怪異が殺した変死体は千代の罪にはならないかもね。でも夏男さん……あの人はどうなったのかしら？　ねぇ千代ちゃん？」

女将の唇がいやらしく嗤う。

千代は俯いて何も答えなかった。その表情は険しく唇を強く噛み締めてつま先を睨みつけている。

「千代ちゃん……」

百々はそこから先の言葉が見つからず口ごもってしまった。千代はそんな百々を見てさらに悲痛な表情を浮かべた。

「千代が捕まらないためには、あいつらを生贄に捧げて全部無かったことにするしかないのよ……」

女将の表情と声が無感情で冷酷なものに変わった。

百々と坂東の思考は黒い呪詛の言葉で締め上げられ、視野は狭まり、女将の声以外に何も聞こえなくなっていく。

「さあ！　そんなになってもまだ動くでしょ⁉　御神体を連れてあの男を殺しに行くわよ」

そう言って出口に向かう女将の後ろから千代の声がした。

「もうひとつ方法があるわ……」

「あら？　何かしら？　これだけ迷惑をかけておいて、まだ我儘を言うつもりなの？」

振り返った女将が腰に手を当てて呆れたように言い放つ。

「その態度、その言葉……」

千代はボソボソとつぶやいた。

「時間がないのよ⁉　早くして千代ちゃん‼」

「いつも私の罪悪感を刺激する……自分が無価値に思えてくる……‼」

千代は目を充血させて母親を睨みつけた。

「もうたくさんよ……霊媒師を殺しても……私は死ぬまであんたに支配される……」

「私はもう……誰にも支配されない‼」

千代は蠢神を伏し拝んで叫んだ。

「あの女を殺してください!!」

蠱神の下半身は女将の前まで一息に跳んだ。すると千切れた断面から蟲の大群を湧き上がらせて女将に襲いかかろうとする。

「ふんっ!!　あんたの考えることなんてお見通しよ!!」

千鶴は懐から薬師如来の札を出して蠱神にかざした。

御神体はそれを見て怯むと身じろぎした。

千鶴はきつい薬草の臭いがする液体を怯んだ蠱神にぶちまけた。

「穢れし蟲よ!!　汝の住処に戻れ!!」

両手で酉の印を結んで千鶴は叫んだ。

蟲虫蠱神は声に応じて一歩引き下がった。

しかしそれ以上動かない。

「どうしたの!!　戻りなさい!!」

千鶴があげたヒステリックな声に反応して蠱神は千鶴の方に振り返った。

「ひぃ……!!　なんで!?　どうなってるの!?」

狼狽する千鶴の眼に映ったのは自身の手の平に出刃包丁を突き立てる娘の姿だった。

「蟲虫蠱神様……端女の血と肉と苦痛をもって……その女を殺してください……殺して!!」

「私は百々くんと幸せになるのよぉお!!」

千代の叫びに呼応して御神体の下半身はずぶずぶと崩れ去った。

崩れた御神体は無数の蟲に姿を変えて女将の身体を蝕(むしば)んでいく。

叫ぶ口に侵入し、耳鼻に潜り込み、全身の穴を埋め尽くす。

内から、外から、肌を食い破る。

「あだ、あだだだだだだ!!」

「耳がががが!! 脳味噌(のうみそ)から音ガガガガ」

「カサカサが!! 蛾蛾蛾蛾蛾!!」

「入ってくるるるるっ狂来るくるるうう」

「嫌嫌嫌嫌ぃい嫌嫌嫌嫌ぃ嫌嫌い嫌い嫌い」

「痛い遺体居たい異体ぃ痛痛痛い痛いぃい」

やがて悲鳴は消えて、肉の滴りも消えて、骨の軋(きし)みも消えて……

蟲のざわめきも消えた。

手から血を流してうずくまる千代に百々と坂東は駆け寄った。

「先生!! 今のは一体!? ここは!?」

かなめは卜部にしがみついたまま尋ねた。

歪んだ視界が戻り、辺りを見渡すと、一行は見覚えのある祠の前にいた。それは卜部が再建した打ち捨てられた祠があった場所だった。

雨は止み、朝の気配が山の向こうに感じられる。

「あれは鈴木の守護霊だ。昔祓うのに失敗した」

卜部は辺りを注意深く観察しながら答えた。

「言っておくが守護霊と言ってもまったく崇高なモノじゃないぞ。むしろ相当業が深い。いわば怨霊の類だ……宿主と同化し、宿主に危険が迫ると現実を改変してでも危機を回避しようとする」

卜部は祠の前の空間を整えながら説明を続ける。

「鈴木の意識がある時は俺の施した術式で封印してる。だから本人が意図的に使うことはできない。それに……」

「それに？」

かなめと翡翠が心配そうに尋ねた。

「改変した出来事の規模に応じて代償もある……!!」

卜部は水鏡を顎で指して言った。

二人が水鏡に視線を移すと、彼の頭頂部が見事に禿げ上がっていた。

「無いものを有るようにしたんだ。有るものを失って当然だ。それで済んだのが奇跡だな。

石で殴ったのが代償の一部として補塡されたか……」

卜部は祠の前に簡易の神域を設定して結界を張った。

「おい亀。今から言うことをよく聞け」

「ここには古い龍神が住んでる。古龍の類だ。それを旅館の連中が呪術と呪物で押しのけてイヤシロチを奪った。加護を与えているのは呪物でなく龍神の気が満ちたこの土地そのものだ」

「呪物は龍神を近付けさせない用心棒みたいなもんだ。今からその龍神をここに呼ぶ。だが今の俺ではあの呪物の足止めが精一杯だ……」

かなめはゴクリと唾を呑んだ。

「あとは分かるな？　お前が龍神を呼べ」

「そ、そんなの無理です!!　大体呼ぶってどうやって!?」

「呼ぶためにはこれを読め。龍神祝詞だ」

卜部は綺麗に折りたたまれた半紙を手渡した。

かなめはそれを開いてつぶやく。

「達筆すぎて読めません……」

卜部はそれを聞いてカッと眼を見開いた。

それとほぼ同時に、雨に濡れた山道を何かがこちらに近付いてくる気配がした。

「来たか……時間がない!! なんとかしろ!!」

「私が読んでかなめさんにお教えします!!」

翡翠が半紙を覗き込んで言った。

「そんな……わたし祝詞なんて読んだこともないし、聞いたことも殆どないです……作法も知らないし……」

「亀!! 作法よりも心だ。それにお前はここの龍神に好かれてる」

「え……?」

かなめは驚きの声を漏らした。

卜部の目がかなめの目を見据えた。

「お前、龍を見ただろ……?」

「あ……」

かなめは渓谷を泳ぐ美しい翡翠色の龍の姿を思い出した。

「もうこれに賭けるしか方法が無い。あまり長くは足止めできん。頼んだぞ……」

卜部は結界から出てコートを脱ぎ捨てた。

「虫退治だ……」

卜部は小刀で手の平を切りつけた。出血は思いの外少ない。

もう血を流しすぎてるんだ……かなめは自分の顔を両手で叩いて叫んだ。

「先生!!」

ちらりと卜部は振り返る。

「こっちは任せてください!!　それと……」

「なんだ?」

「亀じゃありません!!　かなめです!!」

そう言ってかなめは祠に向かって姿勢を正した。

「翡翠さん!!　お願いします!!」

翡翠ははっきりとした声で龍神祝詞を読み始めた。

「たかまがはらにましまして」

「高天原(たかまがはら)に坐(ま)し坐して」

かなめがそれに続いてそれらしい抑揚をつけながら詠んでいく。

「てんとちにみはたらきをあらわしたまうりゅうおうは」

「天と地に御働きを現し給(たま)う龍王は」

「だいうちゅうこんげんのみおやのみつかいにして」

「大宇宙根元の御祖の御使いにして」

心を込めて龍神を思い描きながらかなめが朗々と詠み上げていく。

その声を背後に感じながら、卜部は自らの血を代償にして穢(けがれ)を祓う清らかな気を練り上げていく。

蟲虫蠢神は千切れた身体を無数の蟲で補ったおぞましい姿に成り果てていた。

一歩進むたびに虫達は蠢神の重さに耐えきれずにブチブチと潰れて毒液を撒き散らした。

「頭が高いぞ。虫けら……ここは聖なる場所だ」

卜部はそうつぶやくと地面にτετραγράμματονの失われた四文字を記した。

それは見えない枷となって蟲の身体を縛り、その頭を地に押さえつけた。

蠢神が奇声を上げながら伸ばした腕も、頭同様、地面に磔にされたことを確認すると、卜部はちらりとかなめに目をやった。

視線の先ではかなめと翡翠が、ぴたりと息を合わせて祝詞を詠唱している。

「一切を産み一切を育て」

「萬物を御支配あらせ給う王神なれば」

「一二三四五六七八九十の十種の御寶を己がすがたと變じ給いて」

「自在自由に天界地界人界を治め給う」

「龍王神なるを尊み敬いて」

「眞の六根一筋に御仕え申すことの由を受け引き給いて」

「愚かなる心の数々を戒め給いて」

「一切衆生の罪穢の衣を脱ぎ去らしめ給いて」

「萬物の病災をも立所に祓い清め給い」

「萬世界も御祖のもとに治めせしめ給へと祈願い奉ることの由を聞こし食し」

「六根の内に念じ申す大願を成就成さしめ給へと」

「恐み恐みも白す」

　静寂が訪れた。

　身動きの取れない蠢神は身体が崩壊するのも無視して立ち上がりつつあった。

　潰れた虫の体液と粘液を散らしながら起き上がり咆哮を上げた時だった。

　どっ……

　山が震えた。

　蠢神を含め、その場にいた全員が横にそびえる山の方を見た。

　刹那、山は砕けながら怒濤の濁流となって呪物に襲いかかった。

「龍だ……」

　かなめは思わず声に出した。

　荒れ狂う龍は神の真似事をした穢の化身を赦しはしない。

　その牙で獰猛に喰らいつき、爪で引き裂き、轟く息吹で穢を散らしていく。

　土砂と岩石と木々の奔流に呑み込まれた蠢神は、打たれ、千切られ、流され、終いには谷底の濁流に呑み込まれ、姿が見えなくなった。

「終わったな……」

卜部は谷を覗き込みながらつぶやいた。

ちょうど山の上に朝日が顔を出し清らかな光が差しこんだ。

こうして、長い夜が明けた。

＊

「おい!! 鈴木!! 起きろ!!」

卜部は水鏡の顔をはたきながら言う。

水鏡は目を覚ますと勢いよく起き上がってあたりを見渡した。

「ここは⁉ 化け物は⁉ 僕は無事なの⁉」

「ああ。なんとか生き残った。お前のお陰だ」

ニヤリと笑う卜部を水鏡は呆けた顔で眺めている。

それを横で見ていたかなめと翡翠は笑いを噛み殺すのに必死だった。

「そろそろ行くぞ」

卜部はそう言うとコートに包んだ呪物の残骸を小脇に抱えて、忌沼の方角へ歩き出した。

手足や身体を確かめる水鏡を残してかなめと翡翠も卜部に続いた。

「ぎゃあああああああああ!!」

背後から水鏡の悲鳴が聞こえてくるとかなめと翡翠は堪えきれずに盛大に笑った。

卜部の肩も小刻みに震えているのが背中越しに見て取れた。

「冴木くん!!　僕の髪がああああ!!」

「すみません、かなめさん。うちの先生が呼んでいるので行ってきます」

翡翠はそう言っていたずらっぽく微笑(ほほえ)むと水鏡の方へ戻っていった。

かなめは前を行く卜部を追いかけた。聞きたいことは山ほどあるが卜部が全て話してくれるとは思っていない。

「先生!!　なんで忌沼に行くんですか?」

かなめは卜部の背中に向かって声をかけた。

卜部が振り向きもせずに答えた。

「喉が渇いたからだ」

かなめは卜部の隣まで走った。せっかく追いついても卜部の歩幅はかなめにとっての三歩くらいだ。息があがる。

「見てみろ」

卜部がおもむろにそう言うので、かなめは顔を上げて前を見た。

そこには目を疑うような景色が広がっていた。

あれだけの豪雨と濁流が流れ込んだにも拘らず、忌沼の水は澄み渡って朝日に煌めいている。

そのうえ水面には雨で散った紅葉が浮かび忌沼を美しい紅に彩っていた。

「龍神様の粋な計らいってやつだな」

卜部がつぶやいた。

「こんなに綺麗なのに忌沼なんて物騒な名前似合わないです……」

感嘆の声を漏らすかなめに卜部が言う。

「忌の字には古来、清いとか神聖という意味がある。昔の連中は龍神が棲むこの沼を神聖な沼とみなし、畏敬の念を込めて忌沼と呼んだんだろう」

卜部はそう言って水辺に近づくと丁寧に二礼二拍手して水を汲んだ。汲み終えるともう一度一礼して後ずさった。

卜部とかなめが黙って忌沼を眺めていると翡翠の呼ぶ声が聞こえた。

二人が振り返ると翡翠が水鏡のポラロイドカメラを向けている。

カシャ。ジーーーーーー

不意打ちで撮られた写真の中の卜部はどこか優しい顔をしていた……

「おい亀!! その写真を寄越せ!!」

卜部が手を突き出して凄んだ。

「嫌です－!!　これは私が翡翠さんにもらったんです－!!」

かなめは翡翠の陰に隠れて舌を出した。


千代は百々の運転する車の助手席に座っていた。

後部座席には坂東が座っている。

一行の表情は明るかった。

三人は相談の末、凄惨な事件に関して一切口をつぐむことにしたのだ。

もともと臑に疵のある者たちを匿う治外法権の宿だ。

世間からは消された者が本当に消えたとしても騒ぐ者など誰もいない。

それに来る客は皆、旅館が持つ禍々しい裏の顔を知りながらも、素知らぬ顔をしている要人ばかりだ。

怪異によって一夜にして滅びたとしても、障りを恐れて誰も深入りすることはないだろうというのが結論だった。

「土砂崩れが撤去されててよかったよ」

「ええ。あの霊媒師が事故を起こして呼んだ保険屋か修理屋が通報したみたいですね」

坂東が百々の言葉に相槌を打った。

「百々くん……これからはずっと一緒にいられるのね？」

県道を走る色とりどりの車にすれ違うたびに、千代は目を輝かせている。

自由を噛み締めながら千代が嬉(うれ)しそうにつぶやくのを百々は横目で盗み見た。

「ああ。千代ちゃんのことは僕が守るよ。これからは誰にも邪魔されずにずっと一緒にいよう」

千代は目を潤ませて百々の横顔を見つめた。

二人の幸せそうな顔を後部座席から眺めながら坂東は声高に宣言した。

「この坂東明夫(あきお)!! 残された命の日の限り!! 二人の未来を守るのが天命と心得ております!! 雑用でも運転手でもなんでも仰せ付けてください!!」

「ははは……大げさですよ!! でも心強いです。ありがとうおじちゃん。千代ちゃんにおじちゃんまでいて、僕は幸せな男だな……」

百々が笑顔で答える。

「ていうか!! 坂東のおじちゃん、明夫さんって言うんだ!? 僕知らなかったな」

「ええ!! 明るい夫で明夫です!! 明るさだけが取り柄だって妻にもよく言われたなぁー」

坂東が窓の外を見ると一体のみすぼらしい人形が目に留まった。すれ違う人形の顔はいつまでもこちらを見ていた。

「私も知らなかった。明夫さんっていうのね……ふふ」

「ちょうどいい……」

小声でつぶやいた千代の口から一瞬だけ……

干からびた指が顔を出した……

翡翠の手紙

前略　かなめ様

この度は多大なご迷惑をおかけしたことを心からお詫び申し上げます。命の危険にまで晒してしまったこと本当にごめんなさい。

ですがおかげさまでうちの水鏡も死なずにすみました。（あの白豚だけでは確実に他界していたことと存じます）

卜部先生にも大変お世話になりました。かさねてお詫びと感謝の意をお伝えいただければと思います。

別紙にかなめさんに頼まれていた依頼内容の詳細を添付しております。

本来は社外秘ですが相手方は音信不通なうえに、依頼に虚偽の内容が含まれていたので守秘義務も糞もないですよね？（笑）

かなめさんのお役にたてばと思います。

追伸

今度二人でお茶にいきましょう。

とっても美味しいケーキと紅茶を出すお店があるんです！（お泊まりでもいいですよ！）

聞かなきゃいけないお話がたくさん……

今度は逃しませんので覚悟しておいてください（笑）

素敵なお友達ができてとても嬉しく思っています。

翡翠

ケース3 卜部のボイスレコーダー

「月干支丁亥。日干支乙丑。只今より呪物蟲虫蠢神の右腕を処理する。例によって音声を記録する」

「呪物は足尾家によって創出された独自の呪術で構成。スカフィズムと犬神の応用と推察される。バアルゼブブの眷属、あるいは魑魅(すだま)の変異種。……脅威判定はAA」

「龍神の加護の宿った忌沼の清水で封印し■■■に運搬。術式は龍神逆祝詞。相俔呪巣体。依代は卜部」

奇妙な歪んだ音声のテープが再生される。

※逆再生音源のよう。

液体を飲み干す音。

「さて……始めるか……」

「うう……くっ……」

男のうめき声が次第に大きくなる。

「あああぁあああぁぁああ!!　痛ぅ……」

「ハァハァハァ……」

喘ぐような息遣い。

「嗚呼あああぁぁあ!!あああああ!!駄目だ駄目だ駄目だ駄目だ!!ああああああ!!これ以上は……」

男の叫び声が響く。

「ふぅ……うぅ……ひぃ……ひぃ……ぐすっ……うううううぅ」

泣きじゃくる声。

のたうち回って暴れる音。ガラスが割れる音。

物音は止み代わりに嗚咽とすすり泣きが数十分にわたり続く。

「我身に■■し■■■のアレ■々よ…■反■互■に睨■■■成りけり」

音声はそこで途切れた。
※■■の音声は不明瞭で解読不能。

かなめの事件ファイル

【事件の概要】

水鏡先生に依頼内容を隠して押し付けられたことが発端。

呪物を存続するために政略結婚を強いられた若女将の千代さんが、恋人以外の全員を呪物で殺害しようと画策。

その惨劇に巻き込まれたというのが正直なところである……

【事件の背景】

・今回の事件現場である忌沼温泉旅館は龍神の棲む神域（イヤシロチ）を奪うことで繁栄してきた。
・足尾家の祖先が神域を奪うためにスカフィズムを利用した呪術を創出する。
・一族に産まれた忌子に呪術を施し、御神体＝蟲虫蠢神（こちゅうおろかのかみ）を生成する。
・神域の恩恵と呪い屋家業で地位と権力を確立する。
・明治時代に表の顔として温泉旅館を創業する？（パンフレットにあった『創業百年』から推察）

・蟲虫蠢神を制御するために生贄を捧げ続け現在にいたる。
・スカフィズムと言われる拷問を用いて怨念を増幅する。
※スカフィズムの詳細については割愛。
・人肉を食べて怨念に蝕まれた虫に呪力が宿っているとのこと。

【呪術の概要】
・その虫を宿す容れ物が御神体と呼ばれるミイラ。
・その虫を媒介して呪いは伝染する。
・この御神体に春、夏、秋に対応する生贄を捧げることで主従関係を結ぶ。
※先生曰く
もともとの主従は　親＞忌子
しかし呪術を行なってからは　呪物＞足尾家
これを指して先生は「捻れてる」と表現。
・幸男と呼ばれる男性は生贄にされず、旅館に死ぬまで束縛されるとのこと。
※先生曰く
言霊の真似事。呪物を呪で縛る雑で穢れた術式とのこと。

【術式と祓い】

・血を使った術
先生の使った術の詳細は不明。

持っていた古い本は聖書？

陽の気を補うために血を支払ったとのこと……

・御屋形様
水鏡先生の無意識には御屋形様と呼ばれる怨念が封印されている。

以前先生が除霊を試みるが失敗し無意識の中に封印した。（失敗の理由は不明。水鏡先生が関与している気がする……）

水鏡先生の危機察知能力と占いの才能は御屋形様の影響。

宿主に危険が迫ると現実を改変してでも危機を回避する。

ただし代償が必要。今回の場合は頭頂部の毛根。

・龍神祝詞
祠を再建し龍神祝詞を唱え龍神の神威を取り戻した。

結果、龍神は呪物と怨念を破壊し浄化。

今回の場合、忌沼は本来「神聖な沼」という意味だったと推察される。

【備考】

御神体の腕は先生がコートに包んで持ち帰った。然るべき処理をするとのこと。方法や詳細は不明。要確認。

翡翠さんという親友ができた。今度お茶しに行く予定。楽しみ！

（しかし厳しい尋問がある模様、要対策）

後日水鏡事務所からすごい額が振り込まれていたが次の日には口座から消えていた。

要確認……

かなめの怪奇録

これはわたし、万亀山(まきやま)かなめが、個人的に出会った怪異の記録である……

ある日の午後のことである。

「お疲れ様でした!!」

わたしはそう言って事務所を出ようとした。

「待て」

先生がいつもの仏頂面でわたしを呼び止める。

「なんでしょう？　早くしないとタイムセールに間に合いません!!」

わたしはきりりとした表情で先生にはっきりと告げる。

こういう時には毅然(きぜん)とした態度も必要だ。

「ほう……タイムセールか……それなら仕方あるまい……」

先生はチラリと時計に目をやってから意味ありげに笑うとあっさりと引き下がった。

どうやらわたしの毅然とした態度が功を奏したようだ。

おそらく残業よりもタイムセールの成果を重要視したのだろう。

「なにか良いものがあれば先生の分も買ってきます!!　では!!」

先生の期待にもフォローを入れつつ、わたしは颯爽と事務所をあとにした。

「うーん……ちょっと買いすぎたかな……」

黄昏の街を背に重たい買い物袋を両手に提げながらわたしはふと目を上げた。

眼の前には歩道橋がある。

信号は遥か先な上に、駅は歩道橋を渡ればすぐのところにある……

そう。信号は遠回りなのだ。

しかし歩道橋には難敵の階段が控えている。

逡巡した挙げ句、わたしは歩道橋による時短を選択した。

息を切らして歩道橋を上り切ると、そこに一人のおばあさんが立ちすくんでいる。

「どうかしましたか?」

おばあさんは少しびっくりした様子でわたしを見つめてから困ったように笑って言った。

「それがねぇ……ちょっと困ってるのよ……」

そう言っておばあさんはちらりと下を見る。

視線の先には誰かが供えた萎んだ花と飲み物があった。

「あそこにこの指輪をお供えしたいんだけど……階段がね……」

そう言って微笑むおばあさんは、とても悲しそうに見えた。

「それならわたしがお供えしてきます‼」

「でもねぇ……」

わたしは買い物袋をおばあさんの足下に置いて言った。

「これが人質です‼ これで指輪の持ち逃げも心配ありません‼」

「じゃあ……お願いしようかね？」

そう言ってお婆さんはエメラルドのはまった古い指輪をわたしの手に置いた。

階段を駆け下りて指輪をお供えしようとした時、ふと誰かが持って行ってしまうのではないかと不安になった。

その瞬間後ろから声を掛けられた。

「何であなたが……⁉ その指輪をどこで⁉」

見ると一人の女性が困惑と驚きの表情でわたしを見つめている。

その顔にはどことなく先程のおばあさんの面影があった。

「歩道橋の上でおばあさんに頼まれました。あそこです」

そう言って振り返ると歩道橋の上には買い物袋が二つあるだけで人の姿は見当たらない。

女性はすこし青褪めた顔で指輪を見つめて言った。

「母は……その指輪の持ち主は……もう亡くなってます……ここで事故にあって……肌身離さず着けてた指輪が事故の拍子に何処かに行ってしまって……どうしても見つからなか

ったんです……」

「えっ……？」

わたしがそうつぶやいた時、耳元で声がした。

「ありがとう……これでやっとお爺さんのところに行けるわ……」

誰もいない後ろを振り向くと一陣の風が吹き抜け、空に舞い上がり消えてしまった。

「ってことがあったんですよ!!」

かなめは机に両手を突いてコロッケを頬張る卜部に詰め寄った。

卜部は次なるコロッケに手を伸ばして頬張りながら何でもないように言う。

「ここを出る時から死相が出てたからな。加えて逢魔時……霊に遭わないほうが不思議なくらいだ」

「し、死相!?　何で言ってくれなかったんですか!?」

かなめが叫ぶと卜部は最後のコロッケを齧って言う。

「待てと言ったのにタイムセールに釣られて出ていったお前が悪い」

それを聞いたかなめは膨れっ面で紙袋に手を入れる。

しばらくゴソゴソと手探りしていたが、かなめは青褪めた顔で紙袋を覗く。

こうしてニヤニヤ笑う卜部とは裏腹に、夜の事務所にかなめの悲鳴が響き渡るのだった。

あとがき

お初にお目にかかります。深川我無と申します。この度は拙作をお手に取っていただき誠に有難うございました。

深川は二〇二二年の六月からカクヨムにて小説を書き始めたひよっこです。身の程知らずにも当初、一年で結果を出すと意気込んで書いた二本目の長編作品が「邪祓師の腹痛さん」になります。満を持して第8回カクヨムweb小説コンテストに送り込み、幸運なことに沢山の方に読んでいただくことが叶い、読者選考を突破することが出来ました。心臓をバクバクさせながら二〇二三年五月の結果発表を待っていた日々は多少なりとも寿命を縮めた気がいたします。

そんな寿命を削って迎えた発表当日、受賞作の中に腹痛さんの名前はありませんでした。ところが発表ページも下の方、映画・映像化賞の選評欄に、講評とともに腹痛さんの名前があるではありませんか!!

「いや!! そこかよ!! しかも受賞ではない!!」

正直悶絶しましたね（笑） 嬉しさと悔しさで情緒不安定になっていたそんな二〇二三

年六月に一本のメールが届きます。忘れもしない担当編集者M氏からの書籍化打診のメールでした。本当に約一年という短い期間で書籍化のお話を頂戴出来たのは神の奇跡だと思っております。ハレルヤ。

メールを読み畑の中で不気味極まりない喜びの舞を踊っていた深川は、あやうく卜部に祓われそうになりましたが、なんとか祓われずにすみ、こうして皆様のお手元に、無事腹痛さんをお届けするに至った次第です。

幼少の頃より怪異を目の当たりにして育った深川にとって、怪異とは身近な存在です。人の中に外に、怪異は溢れかえっています。そして目に見えない怪異の本質はいつだって人の持つ闇だったりします。腹痛さんがそんな魑魅魍魎蔓延る世界で生きる皆様の小さな支えになることを祈りつつ、これからも執筆を通じて邪悪を祓っていくことが出来れば、腹痛さんの作家として、こんなに嬉しいことはありません。

最後になりましたが、この本を手に取ってくださった読者の皆様、カクヨムで温かいメッセージを送ってくださった皆様、腹痛さんに目を留めてくださった担当編集のM氏、製本に携わってくださった関係者の皆様、そして何より、いつもそばで支えてくれている妻に、心からの感謝と祝福を捧げたいと思います。

お便りはこちらまで

〒一〇二―八一七七
富士見L文庫編集部　気付
深川我無（様）宛
THORES柴本（様）宛

この作品はフィクションです。
実在の人物や団体などとは関係ありません。
本書は、カクヨムに掲載された「邪祓師の腹痛さん」を加筆修正したものです。

富士見L文庫

邪祓師(じゃばらし)の腹痛(はらいた)さん

深川我無(ふかがわがむ)

2024年6月15日　初版発行

発行者　山下直久
発　行　株式会社 KADOKAWA
〒102-8177　東京都千代田区富士見2-13-3
電話　0570-002-301（ナビダイヤル）

印刷所　株式会社暁印刷
製本所　本間製本株式会社
装丁者　西村弘美

定価はカバーに表示してあります。

◇◇◇

●お問い合わせ
https://www.kadokawa.co.jp/（「お問い合わせ」へお進みください）
※内容によっては、お答えできない場合があります。
※サポートは日本国内のみとさせていただきます。
※Japanese text only

ISBN 978-4-04-075381-2 C0193

悪魔交渉人

著／栗原ちひろ　イラスト／THORES 柴本

存在証明不可能型生命体——
通称・悪魔を巡るオカルトミステリー

怠惰な美術館員・鷹栖晶の本当の職務。それは悪魔と交渉し、彼らにまつわる事件を解決すること。ある日、死んだ友人・音井の肉体を間借りする悪魔と共に、戦時中に存在した「F機関」を巡る事件に巻き込まれ——。